LA VACA SAGRADA

y otras historias de la India

Publicado por Prakash Book India Pvt. Ltd
113/A, Daryaganj, Nueva Delhi 110 002
Tel.:: 91-11- 2324 7062-65. Fax: (011) 23246975
E-mail: sales@prakashboks.com
www.prakashbooks.com

Reimpresión 2015
1er Edición 2002
2da Edición 2008

ISBN : 978-81-7234-043-8

Impreso en: Thomson Press (India) Ltd.

DEDICADO A MIS PADRES
AL YA FALLECIDO D. NARINDER NATH CHOPRA
DÑA. CHAND CHOPRA

LA VACA SAGRADA

y otras historias de la India

TARUN CHOPRA

Prakash Books

CONTENIDOS

LA VACA SAGRADA

Un devoto dando reverencia a la vaca sagrada o Gau Mata en el templo de Tarkeshwar, en Jaipur (*arriba*); una fuente sagrada representando a Gaumukh en Galtaji cerca de Jaipur (*centro, página opuesta*); panorama habitual de las calles de la India (*abajo, página opuesta*).

Viajar por las calles de India puede ser una experiencia tan impresionante como visitar los magníficos monumentos, admirar sus bellezas naturales, así como el arte de profesionales con habilidades que fueron transmitidas de generación en generación. En realidad, para el visitante, conducir en las calles de India es una experiencia espeluznante, pues los vehículos, las carretas arrastradas por animales y las carretillas de mano manejadas por gente compiten entre ellos para llegar de un punto concreto A hasta el Punto B.

El ex-Embajador de Estados Unidos en la India, Daniel Moynihan, se refirió a este tráfico como una "anarquía funcional". El no pudo estar más acertado en su definición. Si en los Estados Unidos al conducir, la gente se mantiene en la derecha y en Gran Bretaña en la mano izquierda, en India el tráfico va por todos lados, mientras que los peatones quedan relegados. Por supuesto, los Indios aprenden desde muy pequeños a manejarse por las calles con gran habilidad, contribuyendo, en parte, al caos encontrado en las carreteras. Por ejemplo, dada la naturaleza del ingobernable tráfico, la gente nunca mira si hay alguna señal de cruce peatonal (y de haber una, es para decorar las calles). En caso de que los visitantes piensen que los motoristas van a parar para que ellos crucen la calle simplemente porque existe una señal de cruce peatonal, se van a encontrar con una mala sorpresa – en India, el tráfico no para por nadie. Ni siquiera si se cruza por el paso de cebra. Las calles de India son caóticas, a pesar de las señales de tráfico.

La regla dorada cuando se cruza una calle es primero mirar hacia la derecha, luego hacia la izquierda y después cruzar la calle corriendo antes de que alguien o algo le pase por encima. Es como ser un jugador en un juego de ordenador. La única diferencia es que esto no es una realidad virtual pero sí la realidad misma. No es sorprendente que los Indios tengan una creencia profunda en la reencarnación, o la vida después de la muerte.

Precisamente en el centro de esta casa de locos navega una criatura serena e inconsciente al manicomio que la rodea. Ésta es la Vaca Sagrada (y en lo que respecta a cosas sagradas en India, las mujeres y las vacas son veneradas de la misma manera).

Para la mayoría de las vacas, el lugar para ubicarse es en el medio de la calle. Se reúnen al lado de los semáforos, ¡probablemente engañando a uno que está ahí para dirigir el tráfico! Por supuesto que esto es solamente la mitad de la verdad. En realidad, ¿qué están haciendo las vacas en el medio de las calles Indias? ¿Por qué no están en las granjas a dónde pertenecen? Por supuesto, no sufren de locura, aunque hay

una explicación a su locura aparente. En estudios recientes se ha estudiado que las vacas Indias prefieren quedarse en las calles porque los gases de los autobuses (y camiones, taxis y tractores) disuaden a las moscas, y los vapores las intoxican. Sin embargo, ésta es una explicación típica para un molesto problema.

En India, los animales son sagrados, a pesar de que la actitud de las personas hacia ellos lleve a uno a pensar lo contrario. Y en el Panteón de esta criatura sagrada, la vaca está ubicada por encima de todos. Conocida como Gau Mata o Madre Vaca, este gentil bovino ocupa un lugar especial en la psique India. Mucho antes de que los Faraones construyeran las pirámides o que Hammurabi inventase las leyes, o que los Chinos inventaran el papel, los Indios instauraron su existencia nomádica – que es el sello de la gente Europea, Americana y Asiática – y desarrollaron

una civilización a base de agricultura, la cuál es un sostén no sólo para las ciudades limítrofes sino también para los imperios. A pesar de que los marajarás fueron los que inventaron las monedas que circulaban en las ciudades y que fueron utilizadas por los comerciantes, el dinero no se estableció como norma en zonas rurales, dónde las riquezas se determinaban por el número de vacas que la familia poseía.

Entonces, la vaca humilde se convirtió en la moneda de curso legal – intercambiada por comestibles y servicios,

presentada con honor como dote en las bodas y desganadamente ofrecida para cumplir con las obligaciones de los impuestos.

El Gau-dan, el hecho de regalar vacas a los sacerdotes Brahmanes, era considerado como la ceremonia más piadosa de todas ya que la salvación de la persona estaba garantizada, 'erstaz karma'.

Aparte de mantener al agente de impuestos contento, adornar el ajuar de una hija, o de poder pagar las cuentas mensuales, la leche de la vaca era la principal fuente nutritiva para la gran población del país. Aparte de esto, la vaca sostenía la economía en más de una manera. Por ejemplo, su estiércol es utilizado, inclusive corrientemente, como combustible. El estiércol de vaca mezclado con hierba seca es moldeado en pastillas que, después de ser secadas al sol, no solamente dan calor a las viviendas sino también mantienen el fuego de la cocina encendido para más de tres cuartos

Una pintura tradicional en miniatura mostrando a una vaca decorada para una ocasión festiva (*página opuesta*); una mujer rezando por 'Nandi' el toro, la forma favorita de transporte del dios Shiva (*página opuesta, abajo*); una vaca caminando por una calle en Jaisalmer (*izquierda*); una señal de tráfico diciéndole a los conductores que se 'Relajen' en el tráfico caótico (*abajo*).

dueño tiene que llevar a cabo una peregrinación a todas las ciudades sagradas de India para librarse de su pecado. Y, a su regreso, tiene que alimentar a los sacerdotes(Brahmanes) en su aldea. En vez de ser una desgracia, dejar las vacas libres en las calles es aceptado por el pueblo y una opción económicamente efectiva.

Por supuesto, una vez que están en las calles, las vacas no sufren de hambre. Cada vez que una comida es cocinada en una casa Hindú, el primer *roti* (pan Indio sin levadura), se deja fuera especialmente para que la vaca lo consuma. Y, si se ve la vaca en la calle, se la llama a la puerta y se la alimenta con varias exquisiteces preparadas como para los dioses. En los días festivos del calendario Hindú, la gente ofrece dulces y pasto a las vacas que rondan por las calles como símbolo de devoción.

De acuerdo a la mitología, la octava reencarnación del dios Vishnu (ha habido nueve reencarnaciones hasta esta fecha),

de la población India. El estiércol de vaca mezclado con arcilla es un material utilizado para proteger las viviendas en aldeas, lo cuál hace más sencillo barrer los suelos, al mismo tiempo que actúan como un pesticida efectivo. No es imprescindible que el estiércol de vaca, siendo un producto bueno para el medio ambiente y de bajo coste, se haya utlizado por varios siglos en todas partes del mundo.

Pero, ya que los indios son mayormente vegetarianos (y la carne vacuna está definitivamente fuera de sus dietas), la vaca, dado su estatus sagrado, ha sido raramente explotada por su carne. Por otro lado, una vez que la vaca deja de producir leche, su dueño encuentra que es legítimamente correcto dejarla abandonada en las calles en vez de llevarla a una carnicería. Los Hindúes también creen que si la vaca atada en su casa muere, su

fue el dios Krishna quién creció en una familia de pastores. Mientras atendía a su rebaño, tocaba su flauta para mantenerlas contentas. Esto explica el porqué se hace referencia a él como Gopal – quién atiende vacas. Es por esto que el cuidado de las vacas tiene una gran santidad religiosa. En uno de los textos Hindúes más sagrados – el Purana – se dice que dentro de las cosas más preciadas que se engendraron de la creción de los mares, una es Kamdhenu, la vaca que cumple todos los deseos. Los Indios creen que cada una de las vacas es Kamdheru.

No es sorprendente que haya miles de cuentos que celebran la importancia de la vaca. Una de las historias más populares nos dice que en el antiguo reinado de Patliputra había un rey que lo tenía todo – fortuna, fama, y sabiduría. Pero lo único que le faltaba a esta gran vida del rey era un hijo, un heredero al trono. Entonces, cuando su deseo por tener un hijo abrumó sus días, el rey le preguntó a la reina que lo acompañara a visitar al Guru que vivía en medio de la jungla.

El Guru, que estaba dotado de poderes supernaturales, inmediatamente entendió las razones por las cuales el rey lo visitaba. "Su Majestad", le dijo al rey, "una vez, cuando usted estaba regresando del templo, ignoró una vaca Kamdhenu que estaba en la calle. La vaca tenía poderes mágicos. Ahora, si usted quiere tener un hijo, tendrá que cuidar de una vaca" el rey estuvo de acuerdo. "Tiene mucho mérito el cuidar de las vacas. Cuidaré de cualquier vaca que usted me diga", contestó el rey. El Guru luego se dirigió a él y le dijo "Cuida de aquella vaca que sea tan blanca como la leche."

Y así el rey puso todas sus energías en cuidar de una vaca blanca en la casa del Guru. Todos los días, sacaba a la vaca a pastar por las mañanas, y quedaba allí hasta el atardecer. Le daba de comer, de beber y se aseguraba de que las moscas no la molestaran. Por las tardes, ya de regreso a casa, la reina cuidaba de la vaca, dándole pasto, agua y ofreciéndole sus oraciones cada mañana y cada tarde. La reina prendía lámparas, quemaba incienso y traía flores frescas de los arbustos cercanos. Todas las noches, el rey dormía en el piso del cobertizo, al lado de la vaca. Varias semanas pasaron, y la pareja real continuó otorgando su devoción al cuidado de esta vaca.

Un día, mientras la vaca pastaba, un tigre la atacó. Al ver esto, el rey se desesperó. Unió sus manos frente al tigre y le pidió a éste que dejara la vaca tranquila. El tigre le respondió "Su Majestad, yo sirvo a la diosa Durga y debo tener mi presa." El rey cayó de rodillas y suplicó al tigre que dejara a la vaca y, en cambio, tomara su vida como presa. Viendo su devoción, la diosa llenó al rey de flores y la vaca – llamada desde entonces La Vaca Sagrada – habló y dijo "Mi Señor, levántese. El tigre era solamente una ilusión creada por mí para comprobar su devoción."

Luego, la vaca le pidió al rey y a la reina que tomaran un poco de leche como una ofrenda sagrada y les dijo que, al año, iban a tener un hijo.

Cuentos como estos abundan en India, y la tradición de la adoración de la vaca se mantiene viva hasta el día de hoy.

Hindú. No es solamente la vaca la que es considerada sagrada en India. El mono, la cobra, el toro y el pavo real son otras criaturas reverenciadas por los Hindúes ya que cada una está asociada con uno u otro dios.

Pero la vaca ocupa un lugar privilegiado. Tanto es así que hasta el

Las vacas son una parte integral de India. Vienen en varias formas y tamaños, decorando las calles de las ciudades y las autopistas.
Un periódico declaró la intención de un grupo de hacer la vaca un animal nacional *(abajo)*

Otra razón de por qué la vaca es considerada sagrada está basada en la creencia de que los Hindúes pueden alcanzar el cielo solamente después de cruzar un río mitológico agarrándose de la cola de una vaca. Además, la ceremonia para el pasaje del alma de una persona fallecida incluye la donación de una vaca a un sacerdote Brahaman.

Sentimientos como estos aseguran que la vaca es tratada con respeto en la sociedad

día de hoy hay organizaciones montadas exclusivamente para la 'protección vacuna'. Recientemente, muchos de estos grupos han juntado fuerzas para pedirle al gobierno que el animal nacional de India, el tigre, ¡sea remplazado por la vaca! En los próximos años, las auto ridades seguramente van a rendirse bajo este pedido ◆

VHP wants cow as national animal

SHARAD GUPTA
NEW DELHI, DEC 15

THE Vishwa Hindu Parishad (VHP) has
Chuck the tiger, pick the cow. And they want to
in their campaign.
The Sangh outfit wants to strip the poor ti
tional animal. They want that distinction to
The demand will figure prominently at   anna Ma-
hakumbha to be organised on Red Fort ground d   VHP leaders
are also likely to take up the issue at the three-de   of their apex
body, Margdarshak Mandal in Rameswaram starting January 7.
The Parishad not only wants cow to replace tiger as the national animal
but also demands complete closure of mechanised abattoirs and ban on ex-
port of meat to protect cow. VHP leaders are confident of roping in various
social and religious groups like Jain Samaj, Hindu Mahasabha and the
Shiv Sena to build a mass movement. "No Hindu can dare to oppose our
demand to save cow," said a senior VHP leader.
The move is likely to create fresh problems for the Atal Behari Vaj-
payee government especially from its coalition partners, after the recent
controversy over Ram Temple issue in Ayodhya.
The Bajrang Dal too at its three-day executive meeting beginning
from January 18 in Bhopal, would vigorously take up the demand for de-
claration of cow as national animal. The meeting will be presided over by
former CBI director, Joginder Singh, a VHP leader said.

MATRIMONIOS ARREGLADOS

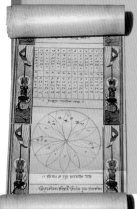

Contrario a la gente del Oeste, los Indios toman la institución del matrimonio muy, pero que muy en serio. En el Sur de los Himalayas, los chicos y las chicas no se encuentran como en un cuento de hadas, salen en citas, se enamoran y deciden casarse. Por supuesto, ahora las cosas han cambiado, pero las bodas rápidas son todavía rarezas en India ya que el matrimonio es más que el intercambio de los votos de honor del casamiento.

En India, un chico puede hasta citar a una chica (o vice-versa) por años, pero cuando llega la hora de casarse todo – desde la religión, hasta la casta, el estado económico, el lenguage, los hábitos alimenticios y el horóscopo – deben concordar. Si no fuese así, esto puede denotar el final de su historia de amor. No existe una solución rápida. En estos casos, es esencial emplear los servicios de los parientes, los amigos, los vecinos, los geneálogos, los sacerdotes

Una pintura en miniatura mostrando una pareja de recién casados en su noche nupcial (*arriba*); un horóscopo tradicional, el Janampatri, esencial para determinar el compañero correcto (*abajo, izquierda*); anuncios de matrimonio de los periódicos y carteles (*página opuesta*)

y hasta de los astrólogos antes de proclamar que el chico y la chica están destinados a ser hombre y mujer durante todas sus vidas. Esta es una de las razones por las cuales el grado de divorcio en India es uno de los más bajos del mundo.

Los visitantes no deben quedar sorprendidos al ver en los periódicos de India de los domingos miles de anuncios para matrimonios, eufemística mente titulados '¡Noticias que Usted Puede Utilizar!'. Ya que el matrimonio es un tema serio, los avisos están organizados bajo dos encabezamientos – 'Se Requieren Novias' y 'Se Requieren Novios', y se encuentran específicamente organizados por religión, casta y sub-casta, profesión, Manglik, o aquellos nacidos bajo la influencia de Marte. En tiempos recientes, dos categorías más – NRI (indios no-residentes) y Cosmopolitas – son las dos categorías consideradas como de más alto movimiento socio-económico. Pero estas categorías modernas son una minoría. Por varias razones, la mayoría de las personas, incluyendo las altamente cualificadas, todavía forman su familia utilizando métodos tradicionales.

De acuerdo a la ley India, es ilegal discrimar en base a la religión o la casta. Pero la realidad es que la mayoría de las personas siguen al sistema de castas. La casta es importante durante todas las etapas de la vida Hindú, y más cuando usted (o sus padres) decide que es tiempo de casarse y formar una familia. En el medio urbano, la casta cada vez es menos importante, pero en las aldeas, dónde vive el ochenta por ciento de los indios, es todavía considerado algo muy importante.

Los textos sagrados de India denotan cuatro castas principales – los Brahmanes (sacerdotes), los Kshatriyas (guerreros, incluyendo la aristocracia), los Vaishyas (comerciantes) y los Shudras (los intocables que llevan a cabo los servicios domésticos). Estas castas son luego divididas en sub-castas o denominaciones.

India es también el hogar de muchas tribus antiguas, pero las personas de estas tribun han sido, a través de los siglos, subordinadas al sistema de castas, y excluidas de la sociedad.

Actualmente, mientras India toma sus primeros pasos hacia el nuevo milenio, las barreras de las castas van lentamente desapar-eciendo en las zonas urbanas. Los jóvenes educados y los avisos matrimoniales dan una indicación clara de cómo los indios categorizan las diferentes profesiones en el 'mercado del matrimonio' (un término comunmente utilizado en India). Hay algunos trabajos que parecen tener una posición más privilegiada – gente de negocios, doctores, ingenieros, burócratas, ejército, fuerza aérea, administración mercantil, arquitectos, y los padres, que tienen un papel muy

acerca de los NRI y los Manglik, e.j. aquellos nacidos bajo la influencia de Mangal (o Marte).

Los no-residentes indios forman parte de un gran grupo que todavía mantiene alguna conexión con la Tierra Natal. Pero, a pesar de que viven en otros países, cuando el hijo de la familia está listo para casarse, miran hacia India – y los anuncios matrimoniales – para poder encontrar la

Mucho antes de que comiencen las festividades matrimoniales, la novia es decorada con joyas de pies a cabeza, como se ven en la pintura Mughal (*arriba*); el novio llega a la casa de la novia a caballo (*página opuesta, arriba*); y los invitados llegan a la boda de Gurmehar Majithia (*página opuesta, abajo*). Estas son algunas imágenes típicas de una boda India

importante en los asuntos familiares, tienden a arreglar el casamiento de sus hijos dentro del mismo grupo profesional. Por ejemplo, el hijo de un doctor estudia, generalmente, medicina y puede, probablemente, casarse con una médica.

De las varias categorías mencionadas, seguro que los lectores quieren saber más

esposa correcta. Estos arreglos ocurren porque cada familia india busca una alianza dentro de su misma cultura.

Para aquellos en India que no han emigrado al extranjero, los NRI también representan al Nuevo Indio Rico y es, por lo tanto, considerado un candidato extremadamente bueno. Pero, una nueva necesidad es expresada entre los indios en el extranjero, especialmente aquellos en Estados Unidos dónde los indios educados y profesionales, con sus familias se encuentran en un cruce basado en la influencia de las dos culturas. Por eso a veces se los llama los ABCD's – *American*

Born Confused Desis (Nativos Confundidos Nacidos en América).

El janampatri (horóscopo) juega un papel principal en la compatibilidad de la pareja. El horóscopo está basado en la hora del nacimiento del niño, realizado con detalles de las posiciones de los planetas y sus respectivas influencias. Un horóscopo también denota 36 gunas, o cualidades, de cada persona. Durante el arreglo matrimonial, el sacerdote trata de emparejar la mayor cantidad de cualidades entre los horóscopos de las dos personas para pronosticar el futuro del matrimonio.

El Manglik con una estrella-cruzada es considerada como otra clasificación interesante dentro de las sub-categorías matrimoniales. Los Manglik son aquellos que tienen a Marte, considerado un ómen de mala suerte, como su planeta principal. Lo mejor para un Manglik es casarse con otro Manglik ya que una pareja mal emparejada supuestamente llega a malograrse antes en vez de después.

La mayoría de los anuncios de los periódicos reciben innumerables respuestas – literalmente cientos de cartas acompañadas por antecedentes personales y referencias de las personas que desean casarse y de sus respectivas familias. El uso liberal de los adjetivos como 'inteligente', 'salario de cinco-cifras' y 'alto rango profesional' para los novios y 'familiar', 'abstemia', 'de buena familia', 'educada en convento', 'tez color trigo' para clasificar a las novias, hace de ellos unos individuos brillantes, en vez de mostrar sus verdaderos atributos.

Es más que común que los padres o parientes mayores, en lugar de los candidatos mismos, emparejen a los novios y mantengan diálogos con 'el lado opuesto'. Si los padres sienten que las negociaciones están yendo bien, se le permite a la pareja encontrarse en compañía de sus familiares en alguna casa, en un restaurante o hasta en un templo. Estas reuniones usualmente no tienen lugar por más de una hora. Es de esperar que la pareja, avergonzadamente, siga un diálogo semejante a este:

Chico: '¡Hola!'

Chica: (mirando, solemne, hacia abajo y susurrando) '¡Hola!'

Chico: '¿Dónde estudiaste?'

Chica: 'HR College'

Chico: '¿Qué materias?'

Chica: 'Inglés'

Una novia India en su maquillaje y vestimentas de boda, esperando pacientemente que sus ritos matrimoniales tomen lugar (*arriba*); los invitados del novio yendo a la casa de la novia (*izquierda*); una boda real - Gurmehar y Saby Majithia se casan

ir a la pareja a almorzar en una cita a un restaurante, la mayoría terminan decidiendo acerca de la persona de acuerdo a la cita cara-a-cara , la cual tiene lugar con sus respectivos cicerones. Mientras la aprobación de la novia o del novio es recibida, los padres son los que dan la última palabra. En el caso que uno de los candidatos no apruebe al otro, la familia de éste manda el mensaje diciendo que el horóscopo de la pareja no es compatible.

La gente de las aldeas, por otro lado, eluden este ejercicio ya que toma mucho tiempo. Los miembros mayores de las familias arreglan la pareja, y a los novios no se les ofrece ninguna opción. Si la chica o el chico deciden, por propia decisión, casarse con alguien que aman pero que está fuera de su casta, la pareja es excluída de la sociedad y de la aldea. Y, dada la importancia de estos temas en las zonas rurales, esto puede llegar a ser muy penoso.

Si alguno de los interesados acepta al candidato propuesto, el pacto es celebrado con un intercambio de regalos. El siguiente paso es el contencioso tema de la dote, la cuál tiene que ser pagada por la familia de la novia a pesar de que ahora es algo ilegal en India. Tradicionalmente, la dote era para que la hija llevase a la casa de su esposo parte de la herencia recibida por su padre. Pero a través de los siglos, este sistema se ha convertido en un abuso a tal extremo que la familia del novio puede demandar lo que ellos piensan que 'vale' el chico. Es más, es común encontrar en los periódicos historias de novias que han sido molestadas y, a veces, asesinadas por haber traído un dote insuficiente. Esto es generalmente

Chico: '¿Cuáles son tus aficiones?'
Chica: 'Cocinar, pintar y bordar'
Chico: '¿Música?'
Chica: 'Sí.'
Chico: '¿Qué lees?'
Chica: 'Mills and Boom'
(la chica, por supuesto, casi ni tiene tiempo de preguntar)
Aunque las familias de hoy en día dejan

presentado como un accidente en la cocina, pero los grupos urbanos de mujeres están bastante vigilantes y los ofensores ahora son castigados.

El peso de todos los gastos desde la dote hasta los relativos a una boda extravagante es afrontado por la familia de la novia. No es extraño que, en muchos casos, el padre de la novia termine empeñado con deudas.

Pero, si las negociaciones son fructíferas, el sacerdote de la familia (siempre un Brahman) es llamado para establecer el día de la boda. Después de calcular la posición de los planetas y las estrellas, y dependiendo de que si los dioses están 'despiertos' o 'dormidos', se determina el día y la hora del gran día. Algunos períodos del año son considerados más favorables que otros, y la familia pospone todo aquello que sea necesario para asegurar que la ceremonia del casamiento comienza y termina dentro del tiempo previsto por el Brahman.

Las tarjetas de invitación con las imágenes del dios Ganesha, el dios hindú de la buena suerte, son impresas y distribuídas a mano para asegurar que los invitados se sientan importantes. El número de invitados depende de la posición económica y social de la familia, pueden llegar a invitar hasta cincuenta y cinco mil personas. Las bodas terminan siendo muy divertidas para todos menos para los novios, quienes son sometidos a varias horas de rituales aburridos.

El novio llega al lugar de la boda cabalgando un caballo blanco adornado con telas bordadas en oro. El cortejo del novio es acompañado por una banda de instrumentos de latón muy ruidosa y desentonada, la cuál toca canciones populares de las películas indias. La familia y amigos del novio bailan, literalmente, junto al caballo del novio, durante todo el camino hasta llegar a la casa de la novia, dónde por regla general tiene lugar el casamiento. Conocido como el 'baraat' (cortejo matrimonial), la procesión es recibida a la entrada de la casa de la novia con guirnaldas de flores y de acuerdo a las tradiciones establecidas.

La entrada a la casa es decorada con flores y luces. El novio lleva un 'achkan' o una chaqueta larga con cuello Mao, mientras que la novia se viste con un 'sari' o 'lehnga' (vestimentas tradicionales) de

color rojo y bordado con hilos dorados y llena de joyas de oro.

El novio y la novia se reúnen sobre una plataforma elevada dónde se lleva a cabo el intercambio de los 'varmalas' (collares hechos de guirnaldas de flores). La novia es acompañada por sus hermanas, primas y amigas, las cuáles llevan joyas y sedas resplandecientes. En el estrado, la pareja pide la bendición de sus amigos y parientes de mayor edad. Mientras tanto, una comida espléndida se sirve, pero la pareja sólo come después de que los invitados hayan terminado.

La ceremonia en sí se realiza a la hora prefijada - solamente después de que la mayoría de los invitados se han retirado - en companía de familiares cercanos y amigos íntimos. Llamado 'pheras', y de acuerdo a las tradiciones Arias, el ritual incluye el que la pareja de siete vueltas en círculo alrededor de un fuego sagrado, mientras que el sacerdote recita versos Védicos e invita a los dioses a presenciar el matrimonio. La pareja se sienta junta al lado del fuego, los otros tres sitios son ocupados por los padres de la pareja y el sacerdote. El casamiento es solemnizado después de que los siete círculos alrededor del fuego sagrado, acompañado por el canto de las oraciones y la lluvia de pétalos de flores, se hayan llevado a cabo.

La ceremonia puede durar desde una hora y media hasta tres horas. Inmediatamente después, es hora para que la novia se despida de su familia, y ya que ella se muda a una casa extraña, hay una gran cantidad de llanto. A veces, 'lloronas profesionales' son contratadas para darle un mayor nivel emocional y demostrar la gran pérdida por parte de la familia de la novia, la cuál quiere hacer de esta pérdida algo público. Ya que las

mujeres son todavía económicamente dependientes de los hombres en sus vidas, la ceremonia incluye a la novia diciendo adios a la casa en dónde ella

creció, pero a dónde no va a regresar como miembro de esa familia ya que, durante la ceremonia, fue entregada a la familia del novio.

Los recién casados, junto con la familia del novio, se marchan en un coche decorado con flores, o un carruaje llamado 'doli'. Para este entonces, los novios están agotados por el peso de sus expléndidos trajes. Es muy probable que el novio haya jugado con los miembros de la familia de la novia, quienes le 'robaron' sus zapatos y que solamente después de pagar por su rescate, puede

en su vida.

Es muy normal que a la madrugada el novio regrese a su casa con su nueva esposa. Al llegar, otros rituales son celebrados, y luego la pareja es acompañada a su habitación dónde la cama, decorada con pétalos de rosas y jazmines, está preparada especialmente para ellos. Aquí, con el acompañamiento de rituales de buena fe, son dejados a solas, problablemente por la última vez en sus vidas.

Un vaso de leche con afrodisíacos es dejado para el novio junto a la cama. La

Un momento cargado de emoción para la nueva novia quién deja la casa de sus padres después del casamiento. La novia es llevada en una carroza decorada o en un automóvil a la casa de su esposo, dónde entra en la nueva estapa de su vida mientras se 'ajusta' al hombre y a la familia que apenas conoce.

obtener sus zapatos nuevamente (el novio se quitó los zapatos durante la ceremonia, frente al fuego sagrado). El proceso es tan largo y tan lento que no es de esperar que el novio usualmente haga chistes de que no va a participar en una ceremonia semejante nunca más

noche nupcial, conocida como 'suhaag raat', tiene una extensa gama de tradiciones, haciendo de esta noche una gran rito.

Y en el nacimiento del primer hijo, el proceso de preparar al hijo para el matrimonio comienza nuevamente ◆

LA GRAN BUROCRACIA INDIA

La vida de un indio está entretejida en un nudo burocrático - los servicios de electricidad o de la oficina de teléfono. Los postes y cajas con las líneas de distribución de electricidad en Delhi se juntan con los servicios mínimos como electricidad y teléfono (*izquierda y abajo*); Los Indios se jactan de ser los líderes mundiales en profesionales de computación, pero lleva horas solamente entrar en línea. La oficina de teléfonos dónde se proveen servicios de Internet (*página opuesta*)

Si hubiese una medalla Olímpica de oro por atravesar los pasos de la burocracia, cualquier indio la ganaría. Es cierto que, gracias a la gran burocracia india, los ciudadanos de la democracia más grande del mundo se han convertido en los ganadores mundiales de cómo combatir contra la burocracia.

Para cualquier persona que visite nuestro gran país, las formas extrañas de la burocracia son evidentes desde la llegada al aeropuerto, dónde se pueden ver las lentas colas para obtener varios documentos, no-documentos, etiquetas de maletas, etc., las cuales son impresas con sello de goma sin motivo o circunstancia. Mientras que el turista puede ser perdonado por tratar de descifrar por qué todo tiene que ser estampado con sello de goma, considere la multitud de indios mortales comunes que tienen que correr de ventanilla en ventanilla para obtener incluso los servicios mínimos.

EL CASO DEL TELÉFONO ROTO

Déjeme que le cuente acerca de mi experiencia con el gran monolito conocido como el Gobierno de India, donde he atentado transferir mi línea telefónica de una dirección a otra. Hace tres años, me mudé de Greater Kailash a Sainik Farms, dos áreas residenciales en Nueva Delhi, no muy lejos una de la otra. Le escribí a la oficina de teléfonos mucho antes de mudarme esperando tener el teléfono funcionando cuando me mudase a mi nueva casa. Pero, la gran burocracia india tenía otros planes en mente.

Si mi teléfono todavía no funciona,

es porque no seguí las REGLAS. Neciamente por mi parte, yo pedí la transferencia de la línea en mi papel de carta personal. Aparentemente, la solicitud tenía que ser entregada en un formato previamente impuesto.

Entonces, cuando me enteré acerca de este nuevo formato, llené los formularios correspondientes y esperé a que el teléfono comenzara a sonar. No tuve suerte. Inevitablemente, me encontré en una cola de cuerpos con olor y sudados, todos esperando ver al oficial comercial, el casi-dios que da la aprobación a los archivos importantes. Cuando finalmente pude hablar con él, fue solamente para enterarme de que como mi teléfono llevó

las puertas de las personas con poder dentro de la telefónica. Pero para llegar ahí, tuve que primero que pararme en una cola para obtener acceso al edificio. Para esto, mi nombre, dirección, número de teléfono (en mi caso N.A. - no aplicable), y el nombre del oficial con quien quiero reunirme fueron inscritos en un gran registro. La misma información fue después registrada en un pequeño papel (un pase), el cual me fue entregado. Este papel tuvo que ser presentado a más de una docena de personas de seguridad, quienes detallada y cuidadosamente hacen un agujero en el pedazo de papel como señal que ha sido utilizado.

Una vez adentro, pregunté por

más de seis meses ser transferido, ahora era considerado un 'DP' (teléfono desconectado), y era requerido de mi parte llenar otro formulario para que las cosas comenzaran a moverse nuevamente.

Ya que no había nada más por hacer, llené el formulario apropiado. Y mientras el teléfono continuaba estando muerto, el archivo referente a él comenzó a estar cada ver más gordo. Después de haber pasado una eternidad, el teléfono continuaba estando en estado de coma.

Enseguida, regresé nuevamente a golpear

direcciones de cómo llegar a mi destino por medio de tal laberinto de oficinas y mesas llenas de archivos, ya que no había ninguna señal indicando a dónde uno tiene que dirigirse. Alrededor mío, visitantes apurados parecían perder su tiempo sentados en frente de las habitaciones, sin oficiales en ellas, esperando que alguien apareciera para firmar un pedazo de papel para poder continuar con la cadena burocrática, con la esperanza de poder reparar alguna pequeña falta. Es una experiencia subreal tomada directamente de Kafka.

Pero, un indio no se da por vencido tan fácilmente. Hacer cola es un arte que se aprende en India. Efectivamente, cuando uno ve personas paradas en una cola, uno piensa que tiene que ser parte de ella, hay que quedarse en línea y mantenerse en ella. Si uno tiene suerte, la cola resulta ser la correcta. Si no - y uno se da cuenta de esto solamente cuando

llega al principio de la cola - uno encuentra otra cola y comienza el proceso nuevamente. ¡Y, puede resultar, que hay que hacerlo todo otra vez!

Una vez que uno llega a la oficina del oficial correspondiente, y tiene la suerte de encontrarlo en su oficina, tiene que ir

Letrero en la oficina de servicios dónde los consumidores pueden escribir sus protestas (*arriba*); cartas al editor de un periódico protestando acerca de los malos servicios (*derecha*); leyes arcaicas en la era de sensores de satélites remotos, los cuales todavía prohíben todo tipo de fotografías dentro de los aeropuertos (*página opuesta*); recibos que permiten utilizar una video cámara (*página opuesta, abajo*)

derecho al grano poniendo los papeles delante de su nariz - no espere que lo llamen ya que esto más que seguro no pasará. Cuando yo llegué con el oficial comercial, me dijo que mi teléfono estaba en la categoría 'DNP' (cuenta no pagada). Traté de razonar con él y decirle que si mi teléfono no funciona, como es que tiene una cuenta pendiente. Un alquiler, me dijo, tiene cargo por la conexión no importa si el teléfono funciona o no. Y yo no he pagado la cuenta. Traté de demostrarle que, a pesar de mis intentos, si el teléfono no funciona, era porque su oficina no ha hecho nada al respecto. Mala suerte, me dijo el oficial con alegría, las reglas son las reglas.

Finalmente, después de haber pagado las cuentas como demandaba la compañía de teléfonos, logré que el teléfono finalmente funcionara, pero solamente por un tiempo corto ya que fue desconectado otra vez. Cuando pregunté, me informaron que estaba en la oficina de cuentas pendientes. Les mostré las cuentas que había pagado por los tres meses que el teléfono no funcionó. Claramente, el oficial me informó, las cuentas no habían sido pagadas por la persona que tenía el teléfono previo a mí. Como no tenía la intención de pagar las cuentas de otra persona, protesté.

Wake up, railways

Several letters have appeared in these columns complaining about the huge gap between local trains and the platforms of many stations. But, the railway authorities are yet to respond. The gap has widened after the laying of new sleepers by the railways: While it is appreciated that new sleepers need to be placed to improve safety and speed, is it also not the responsibility of the authorities to ensure that commuters are able to board and alight from the trains safely? I will not be surprised if a commuter falls between the gap of trains and the platforms and is either killed or injured. I hope, the railway authorities will wake up immediately and tackle the problem on a top priority basis.
—*H. Hemant, Ashok Nagar, off Eastern Express Highway, Kurla (east)*

Lo único que me dijeron era que fuese a ver al oficial de cuentas en el sexto piso.

¡NO VIDEOS!

En India, dar permiso para el uso de una videocámara en un monumento histórico ha sido perfeccionado como un gran arte. Para poder utilizar una videocámara para filmar un monumento 'protegido', uno debe comprar un boleto por cierto monto. Pero para obtener el ticket, un formulario para dar permiso al uso de la videocámara tiene que ser llenado. Los detalles que uno escribe en este formulario son copiados a un boleto - en 'duplicado' - y propiamente sellados. La mitad de este cupón es arrancada para los archivos del oficial de reservas, la otra mitad le es entregada a usted.

Mientras que en la mayoría de los monumentos, los problemas terminan ahí, en el caso del Taj Mahal uno tiene que seguir con más trámites. Ya que, desde el momento que uno compra el permiso para filmar sus memorias en el Taj, un acompañanate se le

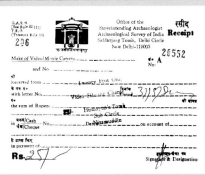

pega a su lado. Su trabajo es asegurarse de que usted filma el majestuoso monumento solamente desde la plataforma de entrada. ¿Por qué uno no puede utilizar la videocámara desde otra plataforma del Taj? Nadie sabe el por qué de la lógica de esta regla.

MELANCOLÍAS DE LOS AEROPUERTOS

Los aeropuertos en India son ejemplos perfectos de malos diseños poco utilizados para servir su función. Para entrar en el aeropuerto, uno tiene que pasar por puertas medio abiertas vigiladas por oficiales de seguridad que piden ver su billete mientras los carritos y las maletas le bloquean el camino. Para tomar un vuelo, incluso dentro del país, uno tiene que:

Mostrar su billete para entrar al aeropuerto

Pasar sus maletas por un mostrador de rayos X

Sacar las maletas del carro de equipaje

Poner las maletas en el carro de equipaje

Buscar la ventanilla de billetes

Facturar el equipaje

Obtener el ticket de abordo, las etiquetas para la maleta y bolso de mano

Ponerse en línea para pasar por el mostrador de seguridad

Obtener un sello en dos lugares en la tarjeta de embarque

Las baterías de su cámara pueden ser o no ser sacadas, de acuerdo al estado de ánimo del oficial. Esto también ocurre cuando la etiqueta de su maleta de mano es sellada.

Mostrar su tarjeta de embarque nuevamente a una persona que busca si usted tiene algún arma de fuego.

Ahora, usted espera que su vuelo sea anunciado. Si su vuelo está 20-30 minutos retrasado, no se preocupe, es considerado que está en horario. Si está extremadamente retrasado, abra un libro y disfrútelo.

Una vez que el vuelo es anunciado, únase a la cola en la puerta de embarque. Muestre su boleta de embarque sellada y la etiqueta de la maleta de mano. Súbase a un autobús sin aire acondicionado para ser transferido al avión, y muestre nuevamente su tarjeta de embarque.

Asegúrese de que usted lleva una chaqueta o un suéter de lana mientras viaja por India ya que el aire acondicionado puede estar o muy frío o no estar funcionando.

¡Buen Viaje!

VOLVIÉNDOME LOCO

Diez años atrás, cuando estaba conduciendo por los Estados Unidos por primera vez, una licencia internacional de conducir era esencial si quería conducir mientras estaba en el país. Entonces, antes de salir de India fuí a buscar una. Después de hacer varias preguntas, me dí cuenta de que para obtener una licencia internacional, tenía primero que tener una licencia local. Esto me llevó a la oficina de transporte, y después de un puñado de preguntas, fuí rescatado por un grupo de vendedores sentados en una motocicleta estacionada bajo un árbol.

Vendedor: "¿Qué desea?"

Yo: 'Una licencia de conducir"

Vendedor: "Tiene un permiso?"

Yo: "No"

Vendedor: "¡Problema, gran problema! Todo tiene que ser organizado. Registro médico, edad, residencia…"

Yo: "¿Cuánto tiempo me va a llevar?"

Vendedor: "¿Cuánto puede pagar?"

Yo: "Lo necesito urgentemente"

Vendedor: "Para obtenerlo dentro de la semana, le va a costar alrededor de Rs.600 (aproximadamente $15).

Yo: "No, la quiero hoy."

Vendedor: "Rs. 2,000 ($50). Solamente en cuatro horas.

Yo: "Hecho."

Vendedor: "Firme estos papeles, tome una fotografía en esa carpa, espere para el exámen de conducir bajo ese árbol."

Yo: "No tengo un coche."

Vendedor: "Es una formalidad, señor. Le van a

preguntar si usted conduce; usted dice que Sí."
Yo: "¿Cuándo voy a obtener mi licencia?"
Vendedor: "Dentro de unas horas."
Lo que más tiempo me llevó en todo el trámite fue el obtener mi fotografía. El resto fue muy fácil.

Armado con mi nueva licencia, fuí a conseguir mi licencia internacional. La persona encargada me dió un papel y me dijo que tenía que aprenderme todo lo escrito en él para poder ser "examinado."

En el examen, solamente pude recordar dos de los treinta y tantos signos. El examinador estaba totalmente repugnado con el resultado de mi examen. "Muy mal, muy mal", me dijo. "Voy a firmar su licencia, pero usted debe ir a su casa y aprender las señales."Gracias, le dije, por haber firmado mi licencia y me disculpe por no haberme aprendido todas las señales".

Conducir en India implica el ir de un punto a otro. Cómo se llega, es problema de uno. Raramente uno es entrenado para estacionar, pasar a otro coche, o mantenerse en un carril.

Las líneas en las calles están solamente para decorar, no significan nada para el conductor. Los espejos traseros son raramente utilizados, la mayoría del tiempo se mantienen cerrados. Cuando hay mucho caos frente a los vehículos, a los conductores casi nunca les importa qué sucede detrás de su coche. Es más, las tres cosas esenciales en las calles de India son - una Buena Bocina, unos Buenos Frenos y Mucha Suerte ◆

LOS GRANDES
MUGHALS

BABUR

Veintisiete años después de que los Portugueses llegasen a las costas de Malabar en el sudoeste de India (ahora el estado de Kerala), Babur marchó con sus tropas a través de los llanos de Punjab en el norte de India. El calor y el polvo de los planos del norte no le molestaron ya que él codiciaba el trono de Hindustán (India). Dado el mal estado de los Sultanes de Delhi, lo cual estaba en su último trecho, Babur no tuvo problemas en alcanzar la ciudad de Panipat, a apenas 80-km al norte de Delhi. Lo único que quedaba por hacer era conquistar el ejército imperial de Ibrahim Lodhi, en aquel entonces el emperador de Hindustán.

A la edad de doce años, Babur había sido coronado rey de Ferghana en Uzbekistán. El suyo era un linaje impecable - en sus venas corría la sangre patriarcal de Timur o Tamerlaine, y por parte matriarcal del gran Munghol Chengez Khan. A pesar de su edad, pronto adquirió Samarkand como parte de su reinado. Pero la gloria estuvo con él solamente por corto tiempo, mientras sus primos planearon contra él y finalmente pudieron sacarlo del trono. Desalojado, Babur encontró lugar en la ciudad de Kabul, donde él comandó por varios años.

En Kabul, el vió caravanas llenas de plata, oro, sedas, marfil y especias que venían desde India. Esto levantó su curiosidad. Vió la oportunidad en las guerras de poder entre los gobernantes Afganos del Norte de India, las cuales llevaron a un vacío de poder.

Ahora él estaba con un ejército pequeño de 12.000 personas, peleando contra el ejército del imperio Afgán de 100.000 más 1.000 elefantes. No le llevó mucho tiempo a Babur darse cuenta de que no tenía suficientes

fuerzas para ganarle a los Afganos en una guerra convencional. Además, los Afganos no tenían mucha prisa para ir a la guerra. Babur llamó a sus generales y les pidió que juntaran todos los ganados de las aldeas vecinas. Iban a atacar al amanecer. Los generales no podían ver por qué iban a utilizar el ganado durante la guerra en contra de

Piedras semi-preciosas decorando el Taj Mahal (*arriba*); el escudo de armas de Sisodia Rajput, quién se negó a darse a los Mughals (*página opuesta, izquierda*); las murallas del fuerte de Agra (*derecha*); una montadura de elefante conocida como howda (*arriba, derecha*)

grandes elefantes, pero quién iba a discutir con Babur, conocido por todos por su epíteto, el Tigre.

Por supuesto, Babur tenía un plan secreto que no deseaba divulgar ni siquiera a sus generales. La ganadería estaba toda junta, con bultos de paja atados a sus lomos. Apenas los tambores de batalla empezaron a tocar, el heno fue encendido y los animales empujados hacia el ejército del imperio afgano.

Para el momento en que el ganado alcanzó el terreno del enemigo, el fuego contra sus pieles los hacía comportarse de una manera impredecible. Los elefantes reaccionaron de una manera violenta cuando vieron estas bestias, tirando a los soldados al suelo, pisando a los soldados que se les cruzaban en el camino y creando una gran confusión. Babur tomó ventaja de la situación, y su ejército arremetió contra los afganos como una guadaña. Ibrahim Lodhi fue asesinado.

Babur marchó hacia Delhi donde fue coronado como Emperador de Hindustán. Mandó a su hijo Humayun a que tomase posesión del tesoro afgano en Sikandra, cerca de Agra. En Sikandra, Humayun se encontró con el rey de Gwalior, quien estaba buscando refugio ahí. El rey le suplicó a Humayun que no le quitara su vida dando a cambio una piedra de gran valor, llamada más tarde el diamante Kohinoor (luz de la montaña). En su regreso a Delhi, Humayun le presentó el Kohindoor a Babur, quien lo devolvió a su hijo. Humayun le dijo a su padre que había puesto al lado la piedra más cara del mundo. "¿Cuál es su valor?" preguntó Babur. "Si se vende", dijo Humayun, "puede darse de comer al mundo entero por dos días y medio." Esta es la primera vez que el Kohindoor fue mencionado en la historia.

Eventualmente, por supuesto, el famoso diamante llegó a la corona Británica, dónde fué cortado en tres pedazos.

A pesar de que Babur venció a Ibrahim Lodhi, enfrentó peligros inminentes del terrible Rana Sanga de Mewar, rey de Rajput. La valentía del rey era legendaria. Como resultado de todas las batallas que el peleó, perdió un ojo y un brazo durante una de sus tantas guerras. Su pierna derecha estuvo fracturada en tres lugares, y su cuerpo llevaba las cicatrices de ochenta y cinco heridas. Para suerte de Babur, la llegada de las lluvias le brindó a su cansado ejército un descanso.

Al comienzo de la batalla en contra los feroces soldados de Rajput, Babur juntó a sus hombres y prometieron no tomar alcohol por el resto de sus vidas. Él declaró que la guerra que iban a pelear era jihad, una guerra santa en contra de los paganos Hindúes. Este anuncio dramático hizo arder la sangre de todo el ejército Mughal. El ejército del Rana ya estaba en camino, aunque pudieron evadirse de Babur. La batalla de Khanua estableció la supremacía Mughal.

Como emperador de Hindustán, Babur ahora podía relajarse y ejercer su pasión de leer literatura y escribir poesías. Sus memorias, Babu-nama, establecieron una tradición que es seguida por todos los Mughales.

Babur no disfrutó los frutos de su victoria por mucho tiempo. Cuatro años después de haber conquistado India, se encontró con una secuencia extraña

Un howda distinto hecho en plata (página opuesta, centro); mujeres en un harén Mughal (*página opuesta, abajo*); la tumba del siglo XVI donde el segundo emperador Mughal Humayun se convirtió en la figura básica del modelo del Taj (*arriba*); el plano de la tumba de Humayun dentro de charbagh (los cuatro jardines) (*derecha*)

de eventos. Su hijo Humayun estuvo gravemente enfermo en una de sus visitas a Delhi. Los hakims (doctores) le trataron con medicinas pero no tuvieron efecto. Un amir (noble) propuso que Babur le prometiera a Allah tres cosas que él quería mucho a cambio de que su hijo tuviera salud. Babur pidió que Allah tomase la vida del emperador en lugar de la salud de su hijo. Por coincidencia, ese milagro ocurrió. Humayun se recuperó, pero la salud de Babur comenzó a deteriorarse. El 26 de Diciembre de 1530, el Todopoderoso se llevó a Babur en sus brazos. El fundador de la dinastía Mughal fue primero sepultado en Agra y luego transferido a su querida Kabul, con su clima fresco y el almizque de los melones, los cuales había extrañado mucho durante su reinado en India.

HUMAYUN

La muerte de Babur llevó a Humayun al reinado y a la dura realidad de que solamente cuatro años habían pasado desde la batalla de Panipat. Su primera tarea, por lo tanto, fue la de suprimir las rebeliones en el nuevo imperio, y consolidarlo.

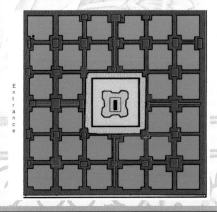

Entrance

Humayun nació en Kabul en 1508. A temprana edad, fue gobernador de una provincia importante, un líder hábil, que demostró su valor en la batalla de Panipat y, después, en la batalla contra Rana Sanga de Mewar.

Humayun decidió entrar en acción. Mientras tanto, Sher Shaorganizó a sus tropas y atacó a Humayun. Herido, Humayun tuvo que irse del campo de batalla, y casi se ahoga cruzando el río Ganges. Su primera vida fue salvada por Bhishti o el portador de agua.

Si la pasión de Babur era la literatura, Humayun estaba obsesionado con la astrología y la astronomía. Incluso para gobernar, utilizaba la ayuda de la astrología. Algunos temas del Estado eran discutidos solamente ciertos días de la semana. Hasta sus prendas eran de los colores correspondientes a los días de la semana.

Humayun se involucró bastante en su propio mundo de opio y concubinas, sin darle importancia a las grandes amenazas del rey afgano, Sher Shah Suri. Primero Bihar y luego Bengal cayeron en manos Afganas. Cuando era claro que el Afganistán no era un rebelde pequeño,

Este le ayudó a Humayun a cruzar el río en una piel de búfalo inflada. Como gesto de su gratitud, Humayun declaró a Bhishti Emperador por un día (A cambio, Bhishti se aprovechó del momento haciendo monedas de cuero con su nombre).

Sher Sha marchó hacia Agra y otra vez fue vencido. Humayun, ya en Kanauj, forzó al emperador a marchase

Akbar, el tercer emperador Mughal, fué el más grande de los seis Mughales que gobernaron India entre los siglos XVI y XVIII. Arriba está la ante-recámara de su tumba en Sikandra; la capital de Akbar, Faterhpur Sikri, la cual es ahora una ciudad fantasma (página opuesta, arriba y abajo); el arco del vestíbulo de Diwan-i-Am en el Fuerte de Agra (página opuesta, centro); un detalle de Sikandra (derecha)

de su imperio con solamente algunos hombres, una parte del tesoro y el harén. Al llegar a Sindh, le fue ofrecido alojamiento por un rey hindú. Fué ahí, en Amarkot, donde él y su esposa, Hamida Bano Begum, tuvieron un hijo. Humayun nombró a su hijo Jalaluddin Muhammad Akbar. Dejando a su familia atrás, Humayun y su hermano emprendieron un viaje hacia Persia donde Shah Tahmash los recibió como emperador de Hindustán. A pesar de que su verdadero rango era de refugiado Humayun disfrutó tanto de la hospitalidad del Shah, que no quería regresar a Hindustán.

Pero sí regresó después de un accidente inesperado que terminó con la vida del Sher Shah. Una bomba lanzada por él rebotó y explotó convirtiendo a Sher Shah en cenizas. Humayun, literalmente, pudo regresar al trono y tomarlo como suyo. Una vez más retornó al opio y la astrología. Una tarde, después de haber mirado al planeta Venus, estaba subiendo los escalones hacia la torre cuando escuchó que el MUEZZIN llamaba a los creyentes a rezar. Humayun se arrodilló para rezar, pero su pie se enredó con el dobladillo de su traje y se cayó, muriendo dos días después el 26 de enero de 1556.

La muerte de Humayun se mantuvo como un secreto hasta que fue comunicada a sus familiares y su sucesor, Akbar. El pequeño

fue coronado emperador de Hindustán en las plantaciones de trigo de Punjab.

La viuda de Humayun construyó una magnífica tumba en Delhi, en memoria de Humayun. Desde entonces comenzó la tradición Mughal de las tumbas con charbagh (los cuatro jardines), la cual terminó ochenta años más tarde con la construcción del Taj Mahal.

Akbar, había textos religiosos hindúes traducidos al Persa, y libros Islámicos traducidos al Sánscrito. Fueron traducidos más de 40.000 libros. Los Mughales, como regla, amaban los manuscritos. Su otra pasión era la música. El legendario cantante de música clásica India llamado Tansen era su músico. Se decía que cuando Tansen cantaba en Anup Tao en Fatehpur Sikri, las lámparas de aceite que flotaban en el agua se encendían solas.

A Akbar también le gustaba cazar animales salvajes. Leopardos entrenados lo acompañaban en sus expediciones. Él se hizo legendario por matar a pie a un tigre herido, y tener bajo control a un 'mast' o un elefante intoxicado que momentos antes había matado a un domador. Estaba también interesado en jugar al polo por la noche, su propio invento

AKBAR tenía solamente catorce años cuando recibió la noticia de que su padre había fallecido. Tuvo la suerte de tener a Bairam Khan como su mentor. Durante dos semanas y hasta que la seguridad de que Akbar iba a reinar no fuese asegurada, la muerte de Humayun no se hizo pública, y el emperador en funciones seguía apareciendo diariamente en la jharokha - una tradición Mughal - hasta que el nuevo emperador fuese coronado.

De baja estatura y robusto, Akbar tuvo una juventud audaz y sin educación formal. En gran contraste con su padre y abuelo, él fue analfabeto, pero la falta de una educación formal en ningún momento dañó la búsqueda de conocimientos. Cada noche, cuando se iba a la cama, había alguien que leía para él. Tanta era su sed de conocimientos que en el reino de

deportivo. Se jugaba con una pelota de fuego.

El amor de Akbar por las mujeres era bien conocido, y aparte de sus cuatro esposas, tenía un harén con más de quinientas concubinas. Pero, si había algo que faltaba, era un heredero al trono. Mientras que su hija sobrevivía, todos los hijos varones habían muerto después del nacimiento. Decepcionado, fue en busca del místico santo Sufi, para recibir las bendiciones de Salim Chisti. El santo le aseguró tres hijos, y cuando

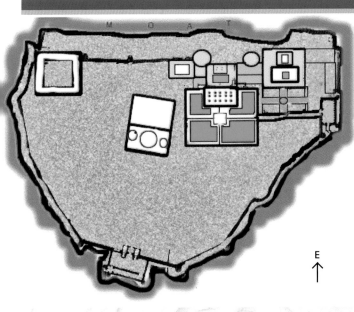

Una miniatura Mughal mostrando a Akbar recibiendo a su hijo Jahangir en el Fuerte de Agra (*página opuesta, arriba*); la tumba del santo Sufi Salim Chisti en Fatehpur Sikri, donde las personas hacen un deseo después de atar cintas a las ventanas (*página opuesta abajo y esta página en el medio a la izquierda*); el plano del Fuerte de Agra (*izquierda*); La tumba de Akbar en Sikandra (*abajo, izquierda*)

E
↑

llegó la hora, nacieron tres niños. En 1569, Jodha Bai dió a luz un hijo varón que fue nombrado Salim en honor a su santo. El niño creció y fue emperador de Jahangir.

Akbar, que hizo extensiones arquitectónicas en el Fuerte de Agra, había decidido construir una nueva capital llamada Fatehpur Sikri. El trabajo comenzó en 1571, y fueron construídos hermosos palacios, jardines y fuentes. Akbar estaba tan entusiasmado con su nueva capital, que lo vieron cargar las piedras junto a sus trabajadores. Cuando fue completada, Akbar se mudó allí y vivió en la ciudad durante trece años. Pero, la ciudad fué abandonada por falta de agua. Hoy, muy poco sobrevive de la ciudad, pero los palacios todavía están allí, magníficos como siempre, subrayando los conocimientos arquitectónicos de Akbar.

A pesar de que Akbar era analfabeto, tenía una especie de entrelace místico. Para horror de los musulmanes ortodoxos de su época, él creó el Imbat Khana donde se le pidió a los líderes de diferentes religiones que mantuvieran el curso de sus filosofías. Esto incluía jesuítas, judíos e hindúes. Fue la primera vez que un gobernante musulmán toleró las filosofías de otras religiones. Retiró el impuesto a los no-musulmanes, llamado ´jiaza´, y hasta estructuró una nueva religión llamada Din-i-Ilahi, basada en las enseñanzas de todas las tradiciones.

La pasión Mughal de la caza estaba también compartida con las mujeres del harén (*izquierda*); Akbar y Jahangir (*abajo, izquierda*); un medallón en la tumba de Itmad-ud-Daulah (*página opuesta, arriba*); una miniatura y un manuscrito detallando la flora y la fauna en India durante el reinado de Jahangir (*página opuesta*).

De todos los filósofos que sobresalieron en Fatehpur Sikri, los jesuítas fueron los que más llamaron la atención de Akbar. Estos fueron guiados por el padre catalán Antonio Monserrat en 1580, y debió resultar extraño aparecer en las insignias reales de la corte Mughal. Akbar orgullosamente llevaba una cruz lapis-lázuli regalada por los jesuítas, y nombró al Padre Monserrat como tutor del Príncipe Salim.

La corte de Akbar constaba de nueve consejeros, definidos por él como 'joyas', con sus respectivas características individuales, entre ellos hay que destacar a Birbal, Todarmal, Bhagwandas y Abul Fazal. Akbar con cincuenta y ocho años, todavía estando en buen estado físico, sobrevivió a su hijo Murad. Su otro hijo, Daniyal, era un alcohólico. Salim temía que Akbar lo sobreviviera a él también, entonces se reveló

quitó las ganas de vivir al emperador. El 25 de Octubre de 1605, el más importante de los emperadores Mughales falleció. Sikandra, cerca de Agra, fue nombrado el lugar dónde descansaría. Aquí, Akbar está enterrado en una magnífica tumba.

en contra de su padre eliminando a Abul Fazal, el amigo más intimo de Akbar. Esto enfureció a Akbar, y tomó a Hamida Bano Begum para hacer las paces entre su hijo y nieto. En 1604, Hamida Bano Begum falleció. Este hecho le

Después, los Jats robaron el tesoro de la tumba, pero todavía es un lugar placentero con un bello jardín con monos.

La coción del Birbal: El emperador Akbar fue el más importante de todos los reyes Mughales que gobernaron India desde el siglo XVI hasta el siglo XVIII. Bien conocido por su tolerancia, nombró a varios nobles hindúes como miembros de su gabinete, entre ellos se encontraba Raja Birbal, quien era bien conocido por su sabiduría y buen humor. Akbar y Birbal se encontraban, a menudo, en situaciones donde el noble era más listo que el emperador.

Sucedió que en un diciembre frío, en la estación de shikar, al emperador se le ocurrió un deporte entretenido. Mandó mensajeros diciendo que estaba dispuesto a pagar mil monedas de oro a quien pudiera estar toda la noche en las aguas heladas del río Jamuna, que tenía su caudal bajo el terraplén de su palacio. Las noticias de su desafío se

propagaron como un fuego salvaje y miles de personas se juntaron para desafiar el reto.

Los contendientes se prepararon aplicándose una capa gruesa de aceite, que esperaban, los mantuviera protegidos del frío. Pero mientras pasaba la noche, la temperatura bajaba rápidamente, y pronto, para diversión de la familia real, comenzaron a salir del agua. Finalmente, unos cuantos hombres corpulentos quedaron en el agua, junto con un ´dhobi´, persona que limpia, que era muy delgado y con apariencia demacrada. Enseguida, todos los hombres corpulentos también comenzaron a marcharse menos el dhobi delgado y Sher Khan, el campeón de lucha libre de Agra. La creencia popular era que Sher Khan iba a ganar, pero a las 4:30 de la mañana, ni siquiera él pudo soportar el frío, y quedó solamente el dhobi esperando los primeros rayos del amanecer.

Akbar llamó al dhobi al Diwan-i-Am, o el vestíbulo para audiencias públicas. "Mi querido hombre", dijo el emperador de India, "¿cómo pudo ganarle al hombre más fuerte de la ciudad?" "Mi Señor", dijo el dhobi, "cuando estaba en las aguas heladas del río Jamuna, ví una lámpara encendida en su palacio. El hecho de mirarla, y de pensar en el calor que producía, pude sobrevivir al terrible frío."

Los nobles del emperador, sin poder admitir que una persona común se pudiera llevar tan grande premio, comenzaron a llenarle la cabeza al emperador con dudas, diciéndole que el calor de la lámpara era motivo de descalificación. El emperador no concedió el premio, y el pobre dhobi fue expulsado del palacio. Birbal se decepcionó al ver qué fácilmente el emperador creyó lo que los nobles le decían.

Fue así que se marchó del Diwan-i-Am sin decir una palabra.

Al día siguiente, cuando Birbal no fué a la corte, Akbar mandó a un mensajero a su casa. Este regresó y le informó al emperador que Birbal vendría apenas terminara de cocinar khichri, una coción de lentejas y arroz. Al día siguiente, Birbal no fué a la corte - todavía estaba cocinando khchri, explicó el mensajero. Y así pasó otro día. Enfadado, Akbar decidió

ir personal-mente a la casa de Birbal y arreglar el problema.

Al llegar a la casa de Birbal, Akbar demandó ver al dueño. "Mi Señor está cocinando khichri en el tejado," le contestaron. Akbar vió a Birbal en

hombre? ¿Cómo puedes cocinar sin el fuego?", gritó Akbar, quien ya estaba bastante enojado. "Señor, respecto al fuego, he puesto la olla mirando hacia la lámpara de su palacio, pero el plato todavía no está listo."

Akbar entendió lo que su ministro le quería decir. Manteniendo a Birbal como un pilar de verdad y justicia, Akbar llamó nuevamente al dhobi y le dió el premio que honradamente merecía.

el tejado ocupado con la olla. "¿Qué estás haciendo, Raja Birbal?", preguntó Akbar. "Cocinando khchri, mi Señor,' respondió el Birbal sin quitar los ojos de la olla. "¡Tres días para cocinar una olla de arroz! ¿Estás bien o el ópio te ha arruinado el cerebro?", dijo Akbar. "Mi Señor, emperador de Hindustán, he tratado de cocinar el arroz con las lentejas en la olla…. ¿Dónde está el fuego, mi buen

JAHANGIR
Salim tenía 30 años cuando fué coronado emperador pasando a denominarse Jahangir. Para ese entonces, Akbar había consolidado y fortalecido el imperio, dejando a Jahangir libre para los vicios del vino y del opio. Al contrario que sus hermanos, Jahangir, tenía un alma rebelde. Cuando

era un príncipe joven, él se enamoró de una bailarina llamada Anarkali y anunció su intención de casarse con ella. Cuando Akbar rehusó, el jóven Salim llevó su espada en contra del imperio. Fue solamente bajo la intervención de Jodha Bai por quien la rebeldía del príncipe fue pasada por alto. Finalmente, con la ayuda de su padre, el Maharaja de Amber, la madre de Jahangir aseguró la desaparición, para siempre, de Anarkali.

Ya que nos Mughales extrañaban a Fergana, la trajeron cerca de casa decorando las paredes del palacio en India con flores, agua de rosa e incienso encendido. Estos detalles están bien preservados en la tumba del siglo XVII de Itma-ud-Daula, en las piedras y las pinturas en las paredes.

a los jesuítas era por las pinturas Europeas que podían realizar. En las pinturas de la época, a Jahangir se le ve con una pintura de Madonna. Aunque él no tenía inclinación por la Cristiandad, bautizó a tres de sus sobrinos para agradar a los jesuitas. Por otro lado, Jahangir estaba fascinado por los sadhus, fakires y otros ascetas, y admiraba sus vidas que tenían lugar fuera de la sociedad.

Mientras que Akbar prefería vestirse con prendas comunes de algodón, en palabras de Sir Thomas Roe, embajador Británico, Jahangir estaba a la moda con "Prendas con diamantes, rubíes y perlas...su cabeza, cuello, pecho y brazos estaban cubiertos de piedras preciosas..." Las joyas cambiaban con cada traje. Sin embargo, cuando se trataba de comer, sus gustos eran simples. A él le apetecía el khchri del hombre pobre, la leche de camello y el pescado rohu. Los mangos eran su fruta predilecta.

Jahangir era amante de la naturaleza y poseía un temperamento científico. Su pintor de la corte, Mansur, estaba contratado para pintar a los pájaros y los animales. De las veinticuatro pinturas que había en Mansur, veintidos están en la colección del Maharaja de Jaipur. Para los conocedores de las pinturas en miniatura, el arte llegó a su apogeo durante su reinado. Solamente mirando una pintura, Jahangir podía identificar a su artista. En el valle de Kashmire, él levantó los famosos jardines Shalimar frente a los Himalayas. Estos y otros jardines son hoy tan hermosos como en la época de los Mughales.

Pero el romántico Jahangir iba a enamorarse otra vez de otra mujer, Nur Jahan, quien ya casado con ella, sería el gobernante por ende de Hindustán.

Los jesuítas se encargaron de la primera educación de Jahangir, pero la Cristiandad no causó ninguna impresión en él. Una de las razones por las cuales Jahangir apreciaba

Cuando el consumo de alcohol

amenazaba su vida, la solución de Jahangir fue típica: reducir la cantidad de vino y doblar la cantidad de opio, añadiendo ocasionalmente un poco de marihuana. Políticamente, Jahangir heredó un imperio estable, y estaba virtualmente libre para disfrutar de sus vicios. Pero como suele ocurrir con los Mughales, su hijo Khusrau se rebeló en contra de él y mandó que a Jahangir lo dejaran ciego y lo encarcelasen. A los nobles que ayudaron a Khusrau en su acto

Shah Jahan, 'gobernante del mundo´, y el honor de sentarse junto a Jahangir en la corte o dhurbar. A él se le ofreció el gobierno de la rica provincia de Gujarat.

Esta luna de miel entre el padre y el hijo no duró mucho tiempo. Lo que más le preocupaba a Shah Jahan era la mala salud del emperador, y no quería estar muy lejos cuando la batalla de la sucesión tomara lugar en caso de morir. Por lo tanto, cuando Shah Jahan ignoró las órdenes de Jahangir de

de rebelión se les vistió con prendas ceñidas al cuerpo hechas de pieles frescas de vaca, y les hicieron pasear por los mercados de Agra. El calor secó las pieles, haciéndolas encoger notablemente hasta producir profundos dolores y finalmente matando a los traidores. Medidas semejantes ayudaron a desanimar futuras amenazas. El otro hijo de Jahangir, el Príncipe Khurram, salió victorioso en sus campañas en la región del Deccan (actualmente Hyderabad) y en Mewar (Udaipur). Esto le hizo ganar el título de

marchar hacia Afganistán, la emperatríz Nur Jahan, controlando los asuntos del imperio, interpretó esto como una rebelión. Formó una campaña en contra de Shah Jahan que fue desacreditado en el campo de batalla.

El nombre real de Nur Jahan era Mehrunnisa. Ella era hija de un noble persa, Ghias Beg. El imperio Mughal miraba hacia la cultura persa como inspiración, y hasta utilizaban el idioma persa como lenguaje de la corte. El título de Ghias Beg provenía del estado de Itmad-ud-Daula, el pilar del imperio. Su hija Mehrunnisa era la dama de compañía de la madrastra de Jahangir. Jahangir la vió y se enamoró. A pesar de que ella se casó con otra persona, Jahangir la hizo su esposa después de que el esposo de ellla muriese en un accidente de cacería. Después de su matrimonio, le otorgó el título de Nur Jahan, que significa "luz del mundo". Nur Jahan no era solamente hermosa, sino también vivaz y quién marcaba la moda del momento desde en el diseño de joyas hasta en las alfombras. Una huésped sin igual, era una dama excelente, compañera de su esposo y una gran fuente de intriga política. Como gobernanta por ende, los documentos de la corte y las monedas llevaban su sello. Con la expansión de su influencia, su padre y hermano también se hicieron poderosos. Cuando su padre falleció en 1622, Nur Jahan diseñó y construyó un hermoso mausoleo, Itmad-ud-Daula, en su memoria. Shah Jahan, su hijastro, se casó con su sobrina, Mumtaz Mahal (después conocida como la dama del Taj). Pero la gran ambición de Nur Jahan era tener a la hija de su primer matrimonio como la heredera del trono y como esposa del otro hijo de Jahangir, el Príncipe Shahryar.

El 7 de Noviembre de 1627, cuando Jahangir falleció, Shah Jahan estaba en el Deccan. Fue la oportunidad para Shahryar de ascender al trono como emperador, pero al regreso de Shah Jahan, Shahryar y todos los potenciales herederos al trono, fueron asesinados. El 6 de febrero del año siguiente, Shah Jahan, el hijo de Jahangir casado con una princesa de Jodhpur, con treinta y seis años, ascendió al trono de Hindustán.

SHAH JAHAN Y MUMTAZ MAHAL

El Príncipe Khurram tenía solamente dieciséis años cuando se enamoró de la hija de Asaf Khan, Arjuman Bano Begum, conocida después como Mumtaz Mahal. Shah Jahan y Mumtaz Mahal se conocieron en el Meena Bazaar, un mercado semanal que tenía lugar en el palacio todos los viernes. Aquí, las mujeres de los nobles ponían tiendas para el placer de \los hombres compradores de la familia real. Shah Jahan, en ese entonces conocido como el Príncipe Khurram, era llevado en una carroza por cuatro mujeres tártaras esclavas cuando se paró en la tienda de una jóven que estaba vendiendo mishri, cristales crudos de azúcar. El príncipe agarró un pedazo y

La belleza del Taj hipnotiza a los nativos y turistas. No importa desde qué ángulo o la hora del día en que se vea, este monumento al amor es seguro que lo cautivará. Una vista del Taj desde la orillas del río Yamuna y una vista de cerca del gran trabajo que decora este monumento (izquierda)

Shah Jahan, el creador del Taj, con el príncipe Diwan-i-Am en el Fuerte Rojo en Delhi (*izquierda*); detalles de una cerradura de bronce (*página opuesta, centro*); el desértico Diwan-i-Am con el trono de mármol, arcos con detalles de bronce en contraste con la grandeza de la corte Mughal, como se ve en la pintura en miniatura (*página opuesta, abajo*).

preguntó su precio. La niña, coqueteando, dió un precio astronómico. Sin mostrar ser sorprendido, el príncipe pagó el precio con monedas de oro. Viendo que el príncipe equivocó el mishra por un diamante, la niña comenzó a reir, y su velo descubrió su cara. Hipnotizado por la sobrina de su madrastra, juró hacerla su esposa.

Se casaron en 1612, cuando él tenía veinte y ella diecinueve años. En total, ella dio a luz a catorce hijos, un promedio de un hijo cada dieciseis meses. De éstos, solamente cuatro varones y tres mujeres sobrevivieron. Mumtaz Mahal falleció cuatro años después de que Shah Jahan subiera al trono, durante el nacimiento de su décimocuarto hijo, en 1631. En ese entonces, ella estaba de campamento con Shah Jahan en Burhanpur. Ella acompañaba al emperador en todos sus viajes, y el embarazo no era excusa para que ella no emprendiera estos viajes; no importaba cuán arduos fuesen. En las primeras horas de la mañana del 17 de Junio de 1631 una hemorragia causada durante el parto de su tercera hija, Gauhara Begum, le provocó la muerte. Cuando la noticia de la condición de la reina llegó a oidos de Shah Jahan, él corrió a su lado, pero estaba claro de que la emperatriz no iba a sobrevivir. Arrodillado junto a ella, le preguntó si había algo que él podía hacer. Ella le hizo prometer que no tuviera hijos de sus otras esposas, y que le construyera una tumba muy hermosa que le recordara a las generaciones futuras su historia de amor.

Cuando la emperatriz cerró sus ojos, una última lágrima cayó de sus hermosos ojos y corrió por sus mejillas. El emperador herido secó la lágrima de la cara de su querida y después construyó para ella un mausoleo que parecía 'Una lágrima

Eterna

Descendiendo del paraíso

En la mejilla del tiempo'

El cuerpo de Mumtaz Mahal fue bañado por las doncellas con alcanfor frío y agua de rosas, y envuelto en cinco piezas de tela. Cuatro parientes cercanos cargaron su cuerpo al lugar del entierro. Fue temporalmente enterrada en el jardín a orillas del río Tapti, dos metros bajo tierra, su cuerpo orientado de norte a sur con la cara mirando hacia el oeste, hacia la ciudad de la Mecca. Shah Jahan estuvo de luto por cuarenta días. Solamente se vestía con ropas blancas. Su pelo también se volvió blanco. Generalmente visitaba por las noches la tumba y lloraba hasta la madrugada. Casi no comía y no escuchaba música. Rehusaba entrar al cuarto de las damas, lo cuál le haría recordarla. Du-

rante dos años, Shah Jahan estuvo destrozado.

Después de seis meses, llevó su cuerpo a Agra, cerca del sitio dónde finalmente descansaría. El jardín dónde su tumba iba a ser construída fue comprado al Maharaja de Jaipur. El cuerpo fue enterrado, otra vez, temporalmente, en la esquina noroeste del jardín, cerca de la mezquita. Los planos finales de la tumba fueron dibujados por los mejores arquitectos del imperio, Mir Abad-al-Karim y Makramat Khan. Ustad Ahmad Lahori es otro nombre conectado con muchas de las obras de Shah Jahan. El plano final fue entregado a Shah Jahan para su aprobación. Pasaron dieciseis años desde el comienzo de las obras, hasta que el

Shah Jahan en un miradorr, o jharokha, en un desfile de elefantes (*izquierda*); una vista de la Puerta Lahori en el Fuerte Rojo (Red Fort), desde Chandni Chowk en Delhi (*abajo*). En 1857 el ejército Británico marchó al Fuerte Rojo y desposeyó al emperador Mughol. En 1947, la independencia de India fué declarada desde la cima de esta puerta.

edificio principal estuviera listo, y otros cinco años antes de que los jardines y el patio fuesen completados. Veinte mil trabajadores, artesanos y profesionales trabajaron en esta obra. Un municipio llamado Mumtazabad se creó alrededor de la obra. Alrededor de quince mil elefantes transportaban los bloques de mármol blanco al edificio, cada uno pesando una tonelada y media. Gran número de toros Brahmi fueron utilizados para transportar los materiales de construcción. Las minas de márbol estaban ubicadas en Makrana, 140 millas al oeste de Agra. Piedras areniscas rojas fueron traidas de Fatehpur Sikri. Una rampa de 2 kms. de largo fue construida para transportar los bloques de mármol a la cúspide del edificio.

Arquitectónicamente, el Taj Mahal representa la epítome de la arquitectura Mughal. Es una síntesis de las tradiciones de construcción hindúes e islámicas. Definitivamente es el edificio más simétrico de todos los edificios Mughales. Un jardín entre paredes con cuatro canales de agua es la representación del paraíso o Pari Darwaza, morada de los ángeles. Desde que el Islam como religión nació en el estado desértico de Arabia Saudita, los jardines y el agua están asociados al paraíso. El color sagrado para los Musulmanes es el verde.La "piedra dura" en la superficie del mármol también refleja la idea del jardín del paraíso.

El único objeto asimétrico en el Taj Mahal es la tumba de Shah Jahan. Al principio, el plan era de no poner su tumba en el mismo edificio. Se dice que él tenía la intención de construir otro Taj Mahal, pero de mármol negro en la orilla opuesta del río. Luego él pensaba conectar ambos edificios con dos puentes, uno blanco y otro negro.

Una verja dorada y plateada rodeaba la tumba de Mumtaz Mahal; la tumba, de acuerdo a las tradiciones Musulmanas, estaba cubierta por un tejido de perlas. Las puertas estaban construidas de plata pura con clavos de oro. Se importaron piedras preciosas de todas partes del mundo y se incrustraron en el mármol. Peter Mundy, un Británico residente en Agra escribió " El oro y la plata eran usados como metales comunes, y el mármol como una piedra corriente." La iluminación era con lámparas de plata. El aire era pesado y perfumado con fragancias exóticas ubicadas en quemadores de incienso de oro y plata. Para mantenimiento del Taj, los ingresos de 31 aldeas fueron alocados, y una suma anual de 200.000 Rupias fue recaudada.

Finalmente, Aurangzeb, el hijo menor de Shah Jahan, formó una rebelión en contra de su padre y asesinó a sus hermanos. Puso al emperador prisionero en el palacio de Agra, y se coronó a sí mismo emperador de Hindustán.

El Taj Mahal no fue el único monumento que Shah Jahan construyó. Antes, había decidido construir una ciudad propia llamada Shahjahanabad, ahora conocida como El Viejo Delhi (Old Delhi). Su construcción le llevó nueve años y le costó la suma de seis millones y medio de rupias. Para su inauguración, una carpa de terciopelo con bordados de oro fue erigida en un mes con la ayuda de 3.550 trabajadores y un costo de 100.000 rupias. El emperador navegó por el río Jamuna en una barca que se parecía a un palacio flotante. En un día propicio, el 18 de Abril de 1648, entró en Quila Mubarak, el fuerte deseado, tomando asiento en el famoso Trono del Pavo Real (Peacock Throne).

Trono del Pavo Real: *Probablemente el trono más caro que existe, el tesorero real pagó mil kilos de oro por su construcción. Con 24 metros de largo, 1,8 m. de ancho y 3,6 m. de alto, el trono tiene enamel* *de oro en sus costados y el interior está cubierto con rubíes, diamantes y granates. El dosel estaba sostenido por doce columnas totalmente cubierto de esmeraldas. Encima de cada columna había dos pavos reales hechos de zafiros, perlas y diamantes. Las puntas del dosel fueron decordas con perlas y diamantes. Un joyero Francés, Tavernier, visitó la corte real y estimó su costo en 107 millones de rupias.*

Le llevó a los joyeros siete años construirlo. Cada piedra fue seleccionada por su belleza, color y brillo por el mismo Shah Jahan. Era un trono construído para el hombre más rico del mundo. (Su sueldo anual era de 250 millones de rupias).

Shah Jahan

Una sección del Taj Mahal, mostrando su doble cúpula y una habitación bajo tierra dónde Mumtaz Mahal, y luego Shah Jahan, descansan, también un plan del Taj mostrando los jardines y los canales de agua (*abajo*); Detalles del trabajo en relieve en el Taj (*página opuesta arriba*); y objetos de arte de mármol Mughal – el hookah, quemadores de incienso y una vasija para el agua de rosas (*pagina opuesta, abajo derecha*)

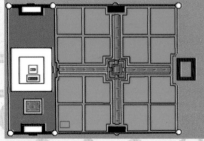

estuvo de luto por su emperatriz durante dos años, y luego se estableció en una vida de promis-cuidad considerable, a pesar de que nunca se casó o tuvo hijos. Se dice que el emperador en una ocasión anunció que los dulces deben de ser sabrosos, no importa de que manos vengan. Sus eunucos le buscaban mujeres hermosas, y entre los cotilleos del bazar se escuchaba que tenía relaciones con su tía y con su propia hija. Él escogía "mujeres extremadamente hermosas con cuerpos vivaces", y a su gran edad, se dice que murió de una sobredosis de afrodisíacos.

En 1657, Shah Jahan enfermó. Dara Shikhon, su hijo predilecto y el mayor, estaba con él. Los otros tres hijos estaban en diferentes partes del imperio – Suja era gobernador de Bengal,. Aurangzeb gobernaba el Deccan, y Murad era gobernador de Gujarat.

A pesar de que era de conocimiento público que Dara Shikhon era el príncipe heredero de la corona, una guerra de sucesión parecía inevitable. Como su enfermedad mantenía a Shah Jahan lejos del balcón donde aparecía diar-iamente para recibir los homenajes de su pueblo, se rumoreaba que el emperador estaba muerto y que Dara había ocupado el trono.

Dara tenía una relación casi mística con él, y del mismo modo que su bisabuelo, él era liberal y tolerante. Escribió un libro titulado "Unión de los Océanos", aceptando todas las fes como los diferentes ríos culminan en el mismo océano. Los sacerdotes musulmanes estaban en contra de sus ideas liberales. Aurangzeb utilizó los sentimientos de los musulmanes ortodoxos y declaró a su hermano como infiel. También probó ser el más fuerte y

astuto de los hermanos. Dara fue asesinado en la batalla que tuvo lugar entre los hermanos, y su cabeza fue envuelta para regalo y mandada a Shah Jahan.

El herido Shah Jahan escribió a Aurangzeb: "No descuentes la buena fortuna".

Pero Shah Jahan fue emperador solamente de nombre, ya que Aurangzeb usurpó esa autoridad, y hasta cortó la fuente de agua hacia el palacio de su padre. Éste escribió a su padre: "Lo que siembras es lo que recoges", recordándole a Shah Jahan de su terrible sucesión.

En el trigé-simo segundo año de su ascención, Shah Jahan, el quinto emperador entre los grandes Mughales, el creador del Taj Mahal en Agra, el Fuerte Rojo, y Jama Masjid en Delhi, fue encarcelado en el palacio de Agra. Allí vivió por otros ocho años. Fue encontrado una mañana, sentado en la varanda de Mussam Burj, sus ojos mirando hacia el Taj Mahal frente al río, una vez más unido a su querida emperadora. Su cuerpo fue bañado, velado y llevado al río. Allí fue trasladado a una barca y llevado a su lugar final de descanso, el Taj Mahal. No había nobles o príncipes en el velatorio, solamente unos pocos criados. Aurangzeb nunca fue a ver a su padre.

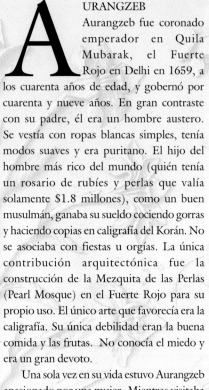

Aurangzeb, el último de los grandes Mughales, sujetando el sagrado corán (izquierda) Detalle del relieve en marmol blanco típico de los mughales (abajo) Bibi ka maqbara, la tumba de la esposa de Aurangzeb (página opuesta) En comparación con el Taj, se puede observar claramente el decline de los estándares arquitectónicos de los Mughales.

AURANGZEB

Aurangzeb fue coronado emperador en Quila Mubarak, el Fuerte Rojo en Delhi en 1659, a los cuarenta años de edad, y gobernó por cuarenta y nueve años. En gran contraste con su padre, él era un hombre austero. Se vestía con ropas blancas simples, tenía modos suaves y era puritano. El hijo del hombre más rico del mundo (quién tenía un rosario de rubíes y perlas que valía solamente $1.8 millones), como un buen musulmán, ganaba su sueldo cociendo gorras y haciendo copias en caligrafía del Korán. No se asociaba con fiestas u orgías. La única contribución arquitectónica fue la construcción de la Mezquita de las Perlas (Pearl Mosque) en el Fuerte Rojo para su propio uso. El único arte que favorecía era la caligrafía. Su única debilidad eran la buena comida y las frutas. No conocía el miedo y era un gran devoto.

Una sola vez en su vida estuvo Aurangzeb apasionado por una mujer. Mientras visitaba a su tío, tuvo la oportunidad de conocer a Hira Bai, la concubina de su tío, mientras cantaba en el jardín. Irresistiblemente atraído por ella, tuvo un amorío apasionado con ella, pero ella falleció poco después. Le llevó a Aurangzeb un año sobreponerse de su muerte.

Aurangzeb gobernó su imperio en la base del Shariat, la ley musulmana ortodoxa. Siguió los pasos de sus antepasados y reafirmó el impuesto a la religión (llamado jiaza) para los no-musulmanes. Paró la construcción de templos nuevos, destruyó importantes templos Hindúes como el Somnath en Gujarat, Vishwanath en Varanasi y Keshav Rai en Mathura. Las estatuas rotas

de los dioses Hindúes fueron utilizadas como escombros debajo de las escaleras del Jama Masjid en Delhi. Las vacas, sagradas para los Hindúes, fueron asesinadas dentro de los templos. Él hasta llegó a prohibir la celebración de los festivales Hindúes como Diwali y Holi.

Sorprendentemente, los reyes de Rajput se mantuvieron callados al presenciar las operaciones de Aurangzeb. Por el contrario, Marwar yacía vacío. La única esperanza quedaba en las dos maharanis que estaban embarazadas. Viendo el vacío de poder en Marwar, Aurangzeb tomó esta oportunidad para designar al primo del difunto rey como heredero al trono. La población del lugar estaba enfadada ya que sabían que las reinas estaban embarazadas. Afortunadamente, un varón nació de una de las reinas. Los nobles pidieron que Aurangzeb reconociera al bebé

Shivaji, el gran guerrero Maratha, era el único rey Hindú que abiertamente se oponía a Aurangzeb. Muchos gobernantes de Rajput eran empleados en el ejército de los Mughales. Este era un buen arreglo para los de Rajput ya que, sin perder el título o la presencia, estaban encargados de grandes ejércitos para los Mughales.

Jodhpur Jumple: En 1678, Jaswant Singh Rathore de Marwar (Jodhpur) fue asesinado mientras peleaba contra los Afganos en las fronteras del noroeste. Su único hijo también falleció en la misma batalla. El trono de como el rey. Éste aceptó, pero con la condición que el niño fuese criado como un musulmán.

Durgadas, viejos creyentes de la familia real y quienes habían guiado la delegación a Rajput, silenciosamente envolvieron al niño y lo hicieron regresar a Johdpur. El niño fue vestido como rey y mujeres de la servidumbre fueron puestas a su servicio. Como era esperado, el maharaja falso y sus sirvientes fueron arrestados y llevados al harén de los Mughales. Cuando le informaron a Aurangzeb acerca de lo ocurrido, rehusó

creerlo. La realidad finalmente se descubrió cuando el príncipe Marwar fue desposado a la princesa de Mewar (Udaipur).

Aunque el gobierno de Aurangzeb fomentaba el descontento, durante todo el reinado él pudo controlar todos los problemas. Los más notables de ellos fueron las rebeliones de Jat y Maratha. Las tácticas de los guerreros de Shivaji estaban bajo una gran frustración, y el Mugol menospreció a Maratha con el epíteto de 'rata de montaña'.

A pesar de que el imperio de Aurangzeb era el más grande de cualquiera de los de los Mughales anteriores, también parecía que esperaba su propia muerte. Cuando Aurangzeb falleció, tenía ochenta y nueve años, sobreviviendo así a sus hermanos y hermanas y hasta a algunos de sus hijos y nietos. Dejó instrucciones para que la plata obtenida por medio de la corona fuera utilizada para sus últimos ritos. En gran contraste con sus antepasados, no tenía una tumba construída para él. Ahora descansa en una tumba en una aldea pequeña camino a las cuevas de Ellora, cerca de Aurangabad. Solamente algunos peregrinos musulmanes van a rezar a su tumba, la cual está abierta hacia el cielo y solamente cubierta por hierba. El último de los grandes Mughales, Aurangzeb, gobernó India con gran fanatismo. Durante sus últimos días, se dió cuenta de que había sembrado descontento en su imperio, entonces escribió:

'Vine Solo y
Me voy como un extraño.
No sé quién soy
O para qué vine. El instante
Que he pasado en el poder
Solamente dejó penas.
Después de mí, solamente veo caos."

FIN DEL IMPERIO

Con la muerte de Aurangzeb, el imperio Mughal fue en declieve. Había batallas sangrientas en cada sucesión. El hijo de Aurangzeb, Muazzam, solamente mantuvo el poder durante cinco años. Reyes viciados siguieron su sucesión, sin poder mantener lejos al enemigo. Solamente un rey, Mohammad Shah Rangeela (con sobrenombre El Colorido)

se mantuvo en el poder durante treinta años. Cuando Nadir Shah de Persia fue a conquistar Delhi, fue recibido a las puertas del fuerte de Delhi y fue enviado a sentarse al trono por el mismo emperador. Nadir Shah saqueó Delhi y desvalijó todo el oro y la plata de los palacios. A su regreso a Persia, se llevó con

él el Trono del Pavo Real (Peacock Throne). Estaba tan llena su caravana que los elefantes y camellos que llevaban el equipaje solamente podían caminar cuatro kilómetros por día.

El poder de los Mughales, que antes controlaba todo el territorio de la India, estaba ahora reducido a los limites de las murallas del Fuerte Rojo (Red Fort). Fuera de las murallas, los Británicos eran los conquistadores. El último emperador Mughal que gobernó India era Bahadur Shah Zafar. Él fue la cabeza simbólica de la rebelión contra Gran Bretaña en 1857 ya que fué el último gobierno que tuvo el imperio Mughal. Los Británicos lo encarcelaron y lo exiliaron a Rangoon en Burma. Falleció allí, un hombre sin dinero y triste. Un poeta, escribió" *"Tengo tanta mala suerte en mi vida que ni siquiera dos yardas de tierra pude sacar de mi imperio para mi funeral."*

Los Británicos colgaron a los tres hijos del emperador. El gran imperio de la dinastía Mughal que gobernó India por casi trescientos años finalmente llegó a su fin ◆

La gloria del imperio Mugol, tan evidente en sus joyas, palacios de mármol y tumbas con piedras semi-preciosas, llegó a su fin con la muerte de Bahadur Shah Zafar, el último emperador Mugol, quién fué encarcelado y exiliado a Burma por el imperio Británico en 1857. Las velas fueron encendidas en memoria de Mumtaz Mahal en su tumba en el Taj (*abajo*)

HINDUISMO

Al contrario que en otras grandes religiones, el Hinduismo no tiene un fundador, al igual que no tiene un libro que dicte todas sus reglas. Esto ha hecho que la religión sea dinámica con una habilidad única para asimilar en vez de oponer a otras fes y filosofías.

La base del Hinduismo yace en reconocer el Brahman o el poder cósmico

del alma suprema del universo.

Es existente en sí mismo, absoluto y eterno. Todas las cosas proceden de él, y todas las cosas regresan a él. Cada ser humano lleva consigo una parte de esta alma eterna, o

'atman'. La meta de todos los hindúes es de unir su propia alma con el alma cósmica, o parmatman.

No es el parmatman quién es adorado sino que es el objeto de meditación abstracta que los hindúes practican para ser absorbidos en él. Desde el principio, el hombre era dependiente de la naturaleza, de forma que sus elementos fueron los primeros objetos de veneración. El panteón Hindú, por lo tanto, reconoció su gran fuerza en la apariencia de Indra (el dios de la lluvia), Ganga (la diosa del río), Chandra (el dios de la luna), Surya (el dios del sol), Agni (el dios del fuego) y otros.

Cualquier cosa que tuviera una influencia vital en la vida de una persona era un objeto de veneración. Pero mientras la civilización progresaba y se desarrollaba, los dioses empezaron a asumir formas humanas.

Pero en el corazón de la filosofía Hindú hay una fuerza cósmica omnipotente – el Brahman. Ya que es

difícil relacionarlo con una identidad que no tiene forma, el Brahman ha sido dividido en tres etapas de la existencia – creación, conserva-ción y destrucción.

Cada cosa en el universo tiene que pasar por estas etapas, ya sea una estrella, microbio o ser humano. Esta es una ley universal y nada ha cambiado. Los hindúes reconocen a Brahman como el dios de la creación, Vishnu como el dios de la conservación, y Shiva como el dios de la destrucción.

Los dioses y diosas Hindúes son adorados en varios lugares y formas. Hasta sus vehículos, usualmente animales y pájaros, son también adorados. Los rituales y objetos al rezar son tan diversos como el mismo país, y es evidente por estas pinturas de varios templos alrededor del país.

BRAHMA- EL CREADOR DIVINO

El primero de la tríada del Hinduismo y el creador del universo, Brahma, es reconocido por sus cuatro cabezas. Originalmente, Brahma tenía cinco cabezas pero una fue quemada por la mirada enojada y ardiente del tercer ojo de Shiva. Brahma es generalmente representado con una barba y cuatro brazos sosteniendo un jarro de agua, una flor de loto o un cetro,

Un ídolo de Brahma con sus cuatro cabezas en Somnathpur, Mysore (lejos izquierda), y en Mandore (izquierda), La entrada del templo de Brahma en Pushkar, Rajasthan (abajo izquierda), Los cisnes transporte de Brahma mostados en templos escavados en la is la de Elephanta (abajo), la esposa de Brahma, Saraswati, (abajo)

un rosario y los Vedas o los libros antiguos de conocimiento. Su consorte es Saraswati, la diosa del aprendizaje. La creación sería imposible sin el conocimiento adecuado. Su vehículo es el cisne. A pesar de que Brahma es adorado en todos los ritos religiosos, hay, en India, solamente dos templos dedicados a él. El más prominente es el de Pushkar, cerca de Jaipur. Una vez al año, durante el mes lunar de Kartika (Octubre-Noviembre) cuando es luna llena, se celebra un festival

religioso en honor a Brahma.

Miles de peregrinos vienen a bañarse al lago sagrado cerca del templo. Brahma, se dice, se creó a sí mismo creando primero el agua. En esta, depositó una semilla que más tarde fue un huevo dorado. De este huevo nació Brahma, el creador de todos los mundos. El comienzo del universo fue el sonido Om, con el cuál los hindúes comienzan sus cantos, "Ommmmm…". El sonido define el pasado, el presente y el futuro del universo entero.

VISHNU – EL PRESERVADOR

En contraste con Brahma, Vishnu tiene miles de templos dedicados a él. Él, también, tiene cuatro brazos pero solamente sostiene una concha de mar o un disco. Narayan es otro nombre para Vishnu – 'nara' representa las aguas donde él reside, a los pies de una cabeza de cien cabezas llamada Ananta o Sesha. La cobra representa la energía cósmica mientras el agua representa el éxtasis eterno. El disco o chakra rep-resenta lo correcto mientras que la concha de mar representa el sonido cósmico de Om.

El mazo o 'gada' representa la remoción del mal, y el loto, donde se sienta Brahma, es un símbolo de belleza y pureza. Su consorte es Lakshmi, la diosa de la fortuna, ya que sin riquezas, la preservación sería imposible. El vehículo de Vishnu es el Garuda, una figura mitológica que es mitad ave y mitad hombre.

Vishnu monta una serpiente de siete cabezas, en el templo de Somnathpur (*arriba*); una pintura rara de Orissa mostrando las nueve encarnaciones de Vishnu (*derecha*); un mural en el Palacio de Samode, mostrando la encarnación de Vishnu (*arriba a la derecha*); y dos figuras de Laxshmi en la entrada de unas casas hindúes (*página opuesta*)

Cuando el diablo desencadena terror, Vishnu desciende a la tierra para sostener el dharma. A través de los siglos, ha aparecido nueve veces en reencarnaciones.

MATSAYA, EL PEZ

Vishnu en su forma de pez, salva a Manu, el progenitor de la raza humana, de inundaciones catastróficas que atentaban inundar todo el mundo. Como en la evocadora historia bíblica del Arca de Noeh (pero más grande que éste), Manu se encontró con un pequeño pez y lo cuidó. En poco tiempo, el pez creció hasta alcanzar un tamaño tan grande que solamente el océano lo pudo sostener. Manu reconoció el poder divino y rezó al pez. Vishnu ahora apareció y le contó la catástrofe. Cuando tenían lugar las inunda-ciones, Manu junto a otros sacerdotes y todas las semillas de los seres vivientes, abordaron un barco que él había preparado especialmente para esta hazaña. Vishnu luego apareció en el océano como un pez gigante y ancló el barco en un lugar seguro hasta que las aguas bajaron.

En otra historia, Vishnu toma la forma de pez para recobrar los Vedas que fueron robados de Brahma por el demonio Haryagriva. El mató al demonio y devolvió los Vedas a Brahma.

KUMRA, LA TORTUGA

Vishnu luego apareció como una tortuga y recaudó las cosas que se habían perdido por Manu en las inundaciones. Su espalda es utilizada como un punto central en el fondo del mar en la montaña Meru y el mar se agita para buscar cosas que se encuentran en el fondo del océano. Dentro de estas cosas está "Amrit" (el agua que da vida), Dhanwantri (médico de los dioses y el que sostiene el Amrit), Lakshmi (la diosa de la fortuna), Sura (la diosa del vino), Chandra (luna), Rambha (una ninfa), y Surabhi (la vaca de la abundancia).

VARAHA, EL JABALÍ

En su encarnación en jabalí, Vishnu salva a Prithvi (la tierra) de las garras del demonio Hiranyakashyap, quién fue arrastrado al fondo del océano. Vishnu se sumerge en el fondo del océano y después de una batalla, sube a la Tierra a un lugar seguro.

NARASIMHA, MITAD HOMBRE, MITAD LEÓN

Al demonio Hiranyakashipu le fue otorgada la dávida por la que ni el hombre ni la bestia lo podían asesinar, no podía ser matado ni en el cielo ni en la tierra, ni de noche ni de día. Estos grandes poderes pronto le hicieron muy poderoso, y así comenzó un reino de terror el cuál preocupaba a los hombres y a los dioses del cielo. Cuando su hijo se opuso a él, el demonio lo atrapó y le dijo que nadie lo podría rescatar porque él era omnipotente. A esto Vishnu, en su figura de mitad-hombre, mitad-león, salió de una columna del palacio del demonio. Puso al demonio en su muslo (así no estaba ni el el cielo ni en la tierra) y escogiendo el atardecer, cuando no era ni de noche

Versión del s. VII en la que Vishnu salva a Prithvi la diosa de la tierra en Ellora (página opuesta, derecha, abajo), Vishnu mata al demonio Hiranyakashipu (arriba), Vishnu como Vamana midiendo la tierra y el cielo, Osian (derecha), Laxmi, la esposa de Vishnu (centro página opuesta), Matsaya avtar (página opuesta arriba)

ni de día, finalmente salvó al mundo de esta figura.

VAMANA, EL DUENDE

El rey Bali ofreció penitencia y se convirtió en alguien muy poderoso como resultado de las dávidas otorgadas a él, con las cuáles tomó posesión de los tres mundos y luego desató el terror en todas las personas. Finalmente, Vishnu apareció frente a él como un enano y le pidió un pequeño trozo de tierra. Viendo el tamaño del enano, Bali le otorgó el tamaño de tres de sus pasos de tierra. Entonces Vishnu creció a un tamaño gigantesco, tan grande que un solo paso cubría toda la Tierra, el segundo paso cubrió el Cielo, y con el tercer paso empujó a Bali al infierno, el único lugar a dónde el demonio podía escapar

De las nueve encarnaciones de Vishnu, la más popular es la de Ram (el Carnero), el héroe de la historia de Ramayana y Krishna. Rama es siempre representado con un arco y flecha (*derecha*); una pintura en el palacio de Orchha mostrando escenas de las cortes de Rama en Ayodhya (*arriba*).

PARSHURAMA, EL CARNERO (RAM) CON UN HACHA

Parshurama era el quinto hijo del Brahmin Jamadagni casado con Renuka, Kartavirya. Había una vez un rey Kshatriya que tenía mil brazos y era considerado invencible. Un día, el rey Kshatriya fue a la casa de Jamadagni y robó su cabra sagrada. Esto hizo enfadar mucho a Parshurama hasta el punto que mató al rey con mil brazos. En venganza, el hijo de Kartavirya mató al padre de Parshurama. Esto enfureció a Parshurama, quién ejerció su hacha mortal matando a toda la casta Kshatriya veintiuna veces, llenando los lagos con su sangre. Luego, le regaló la Tierra a Kashyapa.

RAMA o RAMCHANDRA

Rama, el hijo mayor del Rey Dasharatha de Ayodhya, es la figura ideal para todos los hombres de India. El rey ideal, era también el hermano, hijo y esposo ideal. Exiliado durante catorce años a los bosques bajo instrucciones de su madrastra, su esposa Sita fue secuestrada por Ravana, el rey demonio de Lanka. Rama y su hermano Laxman, y un ejército de monos encabezado por Hanuman, hicieron la guerra a Ravana, destruyendo la ciudad y sacando al demonio de la Tierra. Esta es la historia que se recuerda en la gran obra épica del Ramayana.

KRISHNA

La octava re-encarnación de Vishnu tiene un lugar especial en los corazones de millones de Hindúes. Sus travesuras como niño, sus amoríos con las gopis –las doncellas de Vrindavan – y otras historias que fueron contadas por medio de la literatura, el arte, la música y la danza. Su discurso con el mayor de los cinco hermanos Pandava cuando se encontraban en el campo de batalla en Kurukshetra (con los 100 primos de Kaurava esperándolos para ir a la guerra en contra de ellos), forman el centro de la canción divina, el Bhagwad Gita, que forma parte del gran épico Hindú llamado el Mahabharata. Krishna, un joven muchacho, mató al demonio Kansa y al rey de las serpientes, Kaliya, quien habitaba las aguas del río Jamuna.

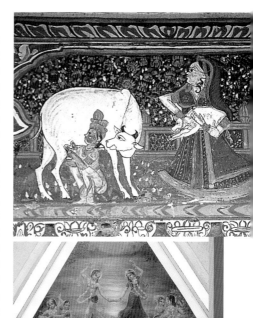

La octava re-encarnación de Vishnu, Krishna, y su consorta Radha, figura prominente en los trabajos de los artistas Indios, son el tema de muchas pinturas en palacios (*arriba*) y de representaciones dramáticas a lo largo del país. Una escultura del siglo XV representando a Krishna con una flauta, Somnathpur (*izquierda*).

BUDDHA

Buddha es considerado por los hindúes como la novena reencarnación de Vishnu. Frescos mostrando a Buddha en los templos cueva de Ajanta datados del s .V (arriba), Ruedas sagradas budistas (derecha); la escultura de Buddha de la región de Gandhara muestra la popularidad de la religión en el subcontinente (drecha, abajo)

Aceptado como la última re-encarnación de Vishnu, los eruditos ahora sienten que esto sólo refleja un acto por parte de los Brahmins para mantener a los devotos hindúes influenciados por el Budismo. Como el mismo Buddha nació de una familia hindú, la mayoría de los hindúes lo habrían aceptado ya que el Buddha empezó como un Guru. Solamente después el Budismo tomó fama y los sacerdotes hindúes empezaron a notar la influencia del Budismo en el Hinduismo. 0Hasta llegaron a incorporar a Buddha dentro del panteón hindú de los dioses.

KALKI, EL DIOS QUE VA A VENIR

La décima, y de acuerdo a la mitología la última re-encarnación de Vishnu,

La escultura de Vishnu en Somnathpur (*arriba*); Vishnu sentado sobre Sesha – el rey serpiente, en Kanchipuram (*derecha*); monedas de plata mostrando a la consorte de Vishnu – Laxshmi, la diosa de la fortuna (*abajo*); la entrada a un templo mostrando las figuras de Vishnu y Laxshmi (*abajo derecha*)

vendrá a salvar al mundo del demonio durante Kaliyug, el siglo en el cuál vivimos. La re-encarnación de Vishnu se presentará sentada en un caballo y trayendo el bien al mundo antes de que éste llegue a su fin.

Las encarna-ciones de Vishnu han sido el tema de las esculturas indias por muchos milenios. Las esculturas con las distintas re-encarnaciones se pueden ver en los mayores templos medievales Khajuraho, probab-lemente el templo medieval más visitado, tiene muchas de estas grandiosas esculturas. La escultura más notable es la imagen de Varaha, ubicada frente al templo de Laxmana. En las ciudades, hay muchos templos dedicados a Krishna. Delhi tiene el hermoso templo llamado Laxshmi Narayan, dedicado a Vishnu, Laxshmi, Durga y Krishna. Aquí se encuentra una de las introducciones más interesantes de los dioses y diosas hindúes.

S HIVA

La tercera deidad en la trinidad hindú es Shiva, el cuál es representado con características poderosas. Al igual que Rudra, él es también un destructor. Como Shiva, él es el poder de la reproducción que continuamente

Se dice que entre todos los dioses del Hinduismo, Shiva es el más fácil de reconocer. Siendo un 'bahrupta', un hombre con distintas caras, pone a Shiva en una procesión religiosa (*izquierda*); Shiva con su consorte Parvati en un templo (*arriba*); una estatua de plata de Parvati durante una procesión en el festival de Teej, en Jaipur (*derecha*)

Una figura de bronce con Shiva y Parvati sentados en Nandi, en el templo Brihadishvara, en Tanjore (*arriba, derecha*); Shiva y Parvati arriba de una puerta de un palacio (*arriba*); Nandi mirando el templo de Shiva en Nepal Himalaya (*arriba*); Una estatua de una cobra del siglo XVI, de 5 pies de alto y cubierta con adornos de oro, en el templo de Shiva en el palacio de Bhaktpur, Nepal (*abajo, derecha*)

arregla todo lo que se destruye. El representado por la forma de un *linga* o *lingam* (falo), mientras que el órgano reproductivo de la mujer, el *yoni*, representa la energía femenina de Shakti.

Alabado con el nombre de Mahayogi, el gran asceta que dominó el arte de la meditación abstracta, Shiva es normalmente representado con pelo y su cuerpo espolvoreado con cenizas. Shiva tiene un tercer ojo en su frente, que está normalmente cerrado – cuando está abierto, es tan potente que puede reducir todo a cenizas.

El río Ganga es generalmente mostrado como una serpentina. La diosa de los ríos tiene que descender del cielo para salvar a las almas de los hijos del rey Bhagirath, pero si su catarata no se hubiera roto, el mundo se hubiera hundido bajo las aguas. Shiva fue llamado para que rompiese esta catarata y para que el río descendiera suavemente sobre la tierra.

Shiva es también

conocido como Neelkantha, el que tiene el cuello azul, porque tomó delante de los dioses el veneno de los océanos. Sostiene un tridente, su vehículo es el búfalo de Nandi, y su ciudad favorita es Kashi o Benares. Él habita en el monte Kailash, en

Nandi, el vehículo de Shiva, mirando hacia el templo original de Vishwanath en Varanasi (*arriba*); Shiva como un bailarín cósmico llamado Nataraja, representado con una rueda de bronce (*abajo*); una figura de Shiva del siglo XI, dando su bendición sobre Chandesha, en Gangaikundacholapuram (*derecha*); Shiva representado como Bhairava, el destructor del demonio (*página opuesta*)

los Himalayas.

Otra representación popular de Shiva es en forma de un bailarín cósmico llamado Nataraja.

La figura de la cara de una mujer en el pelo de Shiva es de la diosa Ganga (representa la eternidad y la pureza). Shiva lleva la luna en su frente (mostrando el paso del tiempo). Su mano derecha levantada hacia el creyente denota protección. La cobra

Un 'bahrupia' vestido como Shiva (*página opuesta, izquierda*); Shiva como Nataraja (*página opuesta, arriba a la izquierda*); los dioses tratan de ver el comienzo y el fin del lingam de Shiva (*página opuesta, izquierda*); un sacerdote Brahmin enfrente al templo de Shivalingam (*arriba*); dos estatuas de Shiva construídas con una diferencia de1300 años (*arriba, derecha*); La diosa Ganga en Ellora (*abajo*); un Chola de bronce mostrando la forma masculina y femenina de Shiva (*derecha*)

enroscada en su cuello es un símbolo de la energía cósmica. El tercer ojo en la frente simboliza el poder de la destrucción. Un demonio bajo su pie representa el ego que uno tiene que eliminar. Shiva es Ardha-narishwara (mitad hombre, mitad mujer), y representa la inseparabilidad entre la materia y la energía. Su vehículo, el toro Nandi, es un símbolo de la constancia de sus seguidores.

G
ANESHA

Ganesha es, de los dioses hindúes, el más popular. Nacido de Shiva y Parvati, su cabeza de elefante es fácilmente reconocible. Una historia interesante cuenta por qué esta figura gordinflona tiene la cabeza de un paquidermo. Shiva, después de su casamiento con Parvati, fue al Monte Kailash a meditar. Se concentró tanto en su meditación que los años pasaron, tiempo en el cual Ganesha nació de Parvati. Cuando completó su meditación, Shiva regresó a su casa, donde encontró a un joven niño cerca de la puerta, vigilando la entrada y negando la entrada a cualquiera que quisiera entrar porque su mamá Parvati se estaba bañando. Shiva no sabía que él era el padre de este niño, y Ganesha, quien nunca había visto a su padre, no lo reconoció. En su enojo, Shiva le cortó la cabeza al niño. Parvati, histéricamente, insistía que Shiva le entregara a su niño. Sin tener opción, Shiva tomó el cuerpo de Ganesha y lo llevó a a Brahma, el dios de la creación, quien le

dijo que pusiera la cabeza de su hijo una vez más sobre su cuerpo para que reviviera. Pero, la cabeza estaba perdida, entonces se hizo un acuerdo: Shiva tenía que matar al primer ser vivo que se le cruzara en su camino y ponerlo encima del cuerpo de su

hijo. Como había un bebé elefante en el camino, Ganesha tuvo así una cabeza de elefante. Parvati no estaba contenta porque su hijo iba a hacer el ridículo, pero Shiva la consoló diciéndole que Ganesha sería adorado por la gente ante cualquier otro dios. Por esto, Ganesha, el portador de la buena fortuna, es llamado

Estatuas, pinturas y esculturas de Ganesha decoran las casas Hindúes, los negocios y los palacios. El dios con cabeza de elefante es adorado como el dios de la buena fortuna, quien remueve todos los obtáculos de las vidas de las personas. Los miércoles, los templos dedicados a Ganesha están llenos de devotos pidiendo favores de este dios tan generoso. Los estudiantes visitan su templo para tener buena suerte durante los exámenes

siempre en primer lugar en cualquier rito o ceremonia. En la ceremonia de Diwali, cuando una persona compra una nueva carreta o auto, o cuando los estudiantes

rezan antes de sus exámenes. Es Ganesha quien los ayuda a todos. Muchos cuentos explican por qué uno de sus colmillos está roto. Una vez, cuando él estaba caminando hacia una aldea vecina, el viaje le resultó agotador, entonces se sentó a descansar. Cuando llegó el atardecer y apareció la luna Chandra, esta comenzó a burlarse de él. Buscando algo para tirarle, Ganesha no encontró nada, entonces rompió uno de sus colmillos y se lo tiró a Chandra. Desde entonces, el dios de la luna tiene cicatrices en su cara, y Ganesha tiene un colmillo roto. Otra historia cuenta que Ganesha rompió uno de sus colmillos para utilizarlo como pluma mientras escribía el Mahabharata, que le era dictado por el sabio Vyasa ya que la

pluma que éste utilizaba para escribir estaba rota y, de acuerdo a los términos establecidos, el Mahabharata tenía que ser escrito sin parar.

En otra leyenda de los Puranas, la historia cuenta que cuando Parashurama visitó a Shiva, fue detenido por Ganesha quien no quería que se le molestara a su padre, que estaba descansando. En un momento de agitación, Ganesha agarró con su colmillo a Parashurama y lo tiró al suelo. Parashurama estaba tan enfadado que tiró

su arma más poderosa, el hacha, a Ganesha. Como Ganesha sabía que el arma era un regalo de su padre, humildemente recibió el golpe en su colmillo. Este es el motivo por el cuál Ganesha es conocido como Eka-danta,

(aquel que tiene un sólo colmillo).

El cuerpo mofletudo de Ganesha representa el universo. El colmillo ondulado representa el sonido cósmico "Om". La cabeza de elefante simboliza inteligencia. Sus orejas grandes lo ayudan a escuchar mejor a sus creyentes. La serpiente alrededor de su cintura representa energía cósmica. Su transporte es la rata. En el Fuerte de Ranthambore, en Rajasthan, hay un templo dedicado a Ganesha, dende sus devotos mandan participaciones de casamiento y cartas, que son leídas en voz alta para pedir la bendición.

La entrada a la mayoría de los templos hindúes está adornada por la imágen de Ganesha. En los ritos religiosos, al primer dios que se llama es a Ganesha, no importa la secta de la ceremonia. Durante el festival de Diwali, todos los hindúes compran estatuas nuevas de Ganesha, las cuales forman parte de las estatuas de oración para el resto del año.

HANUMAN

Hanuman, el hijo de Pavan, el dios del viento, y de Kesari, la hija del rey mono, es conocido por su fortaleza y habilidad para volar. Hanuman ayudó a Rama en su batalla en contra del malvado Rey Ravana, quién él solo convirtió en cenizas la ciudad de Lanka. En la misma guerra,

Hanuman es adorado por su devoción al dios Rama. Junto con Vanar Sena, o la brigada de monos, tiene un rol especial en la victoria de Rama sobre el malvado Rey Ravana. En muchas fotos se le puede ver transportando las montañas del Himalaya. Gracias a Hanuman, los monos también son considerados sagrados por los hindúes.

cuando el hermano de Rama, Laxman, cayó herido, Hanuman fue encomendado para volar a los Himalayas para traer una hierba que lo curase. Al no poder reconocer la hierba, Hanuman desprendió una montaña, así el antídoto podía ser encontrado y utilizado para curar. También llamado Maruti o Marut-putra, según las escrituras antiguas, Hanuman estaba bien versado en gramática y era considerado el noveno escritor de gramática. Su fortaleza física le aseguró su puesto como el rey de los akharas o gimnastas. Hay muchos templos dedicados a él, y los martes es el día en que se le adora. Las imágenes, por lo general piedras embadurnadas con rojo o naranja, son utilizadas para representar su imagen. En otras imágenes se le muestra sosteniendo los Himalayas con una mano mientras vuela por el cielo, o abriéndose su pecho para mostrar a su querido Rama y Sita viviendo en su corazón.

Una señora rezando en un templo dedicado a Hanuman (*izquierda*). Hanuman es también el patrono divino de los akharas o los gimnastas, dónde la lucha hindú es el deporte favorito. Los luchadores idolatran a Hanuman por su gran poder y celibato. Su día de rezo es el martes, día en el que se ve a sus devotos rezando en sus templos.

S HAKTI, ENERGIA COSMICA
En la filosofía hindú, mientras que los dioses representan la materia, las diosas son el símbolo de la energía. De las dos energías que forman parte del universo – dinámica y estática – las diosas representan la naturaleza dinámica del cosmos. Como la materia y la energía se complementan, Brahma, el dios de la creación,

Devi es la manifestación de la energía divina. Es adorada por los Tántricos y los guerreros. Está sobre un tigre, tiene diez brazos, cada uno adornado con un arma, lo cuál muestra el poder destructivo de la diosa. Esto se ve en las pinturas de las paredes del Palacio de Samode, cerca de Jaipur (arriba); La diosa Durga, destruyendo al demonio Mahisasur, el que tiene la cabeza de búfalo, Mandore (izquierda)

Devi, la diosa madre, tiene varios nombres, atributos y formas como Shakti, la energía femenina. En su aspecto mas fiero se la reverencia como Durga, Chamundi y Bhairavi. En su forma mas terrible es Kali, la diosa que lleva un collar de calaveras de los hombres malvados que ella ha matado para salvar al mundo.

tiene como consorte a Saraswati, la diosa del conocimiento. Sin conocimiento, la creación es imposible. Vishnu, el dios dela conservación, tiene a Lakshmi, la diosa de la fortuna, como su esposa. Shiva, el dios de la destrucción, tiene como esposa a Parvati, la energía cósmica que es necesaria para la destrucción. Esta manifestación de la energía divina es representada en muchas formas – como Durga mata al demonio Mahisasur y lucha contra ocho demonios; como la obscura Kali, que es la

personificación del tiempo.

En los Puranas, hay una leyenda interesante acerca de la creación de la energía divina. La historia cuenta que Brahma va a consultar a Shiva acerca de un demonio llamado Andhka, que es una amenaza para todos los devtas o dioses. Los dos dioses llaman a Vishnu, y utilizando sus energías divinas, crean a una mujer hermosa. Su cuerpo, en los colores negro, rojo y blanco, representan el pasado, el presente y el futuro. Luego, la hermosa dama se dividió en tres partes – la blanca representa a Saraswati, quién ayudó a Brahma en la creación del universo; la roja se convirtió en Lakshmi, quién ayudó a Vishnu a conservar el universo; y la parte negra se convirtió en Parvati, quién estaba bendecida por la energía de Shiva ◆

TANTRA

religiosos), que fueron escritos entre los siglos V y VIII dc. Estos cubren una gran variedad de temas, desde la astrología a la historia y la teología. La mayoría son presentados como diálogos entre Shiva, generalmente representado como un guru (maestro) y Shakti, su consorte y discípula.

El movimiento Tantra tuvo su máxima aceptación en el siglo X, dc. Los templos fueron construídos a lo largo del norte de India de acuerdo a los 64 'yoginis' (las diosas Tántricas). En la edad dorada del arte indio, los masones esculpieron las piezas eróticas que se encuentran en Khajuraho y Konarak.

Había dos principales grupos Tantra – el de Izquierda ('vama-marg') y el de Derecha ('dakshina-marg'). Mientras que

El Tantra hindú fue desarrollado como algo místico, pero fue tan bien detallado, que conduce a la liberación y al éxtasis. En él se utilizan las energías infinitas del cuerpo y la mente. Es el yoga de la

acción, no de la contemplación abstracta. En vez de negar los frutos de los placeres del mundo, los Tántricos (los seguidores de Tantra) tienen como meta obtener de ellos la mayor satisfacción posible. La experiencia o realización de los placeres puede producir niveles tan altos que la energía que se desenlaza puede llevar a la conciencia a la cima de la iluminación.

La palabra Tantra significa "extensión" de la mente. En total hay 64 Tantras (textos

La unión de las energías del hombre y la mujer – Shiva y Shakti – representado en un mural en el Fuerte de Jodhpur (*arriba*); una figura tántrica del siglo XVIII (*derecha*); pinturas mostrando los distintos centros de energía en el cuerpo humano (*arriba derecha, y página opuesta*)

el de la derecha era practicado por los Tantras conservativos, quienes se concentraban en interpretar los textos intelectualmente; el grupo de la izquierda estaba caracterizado por ritos exotéricos y magia, especialmente con el uso de relaciones sexuales.

Los Tántricos generalmente no aceptaban una doctrina transcendental, la cuál se conocía solamente por la meditación. En su lugar, seguían el poder de dios, o 'shakti' (el poder de manifestación), el cual estaba re-encarnado en la forma de Shakti, una diosa. Esto condujo a que creyeran que la mujer es la poseedora del poder divino. La unión entre un hombre y una mujer,

transcendente e inminente, es representada por la relación sexual.

El Tantra asocia la energía física sexual con la visualización del cuerpo humano, como una planta en la que sus raíces se alimentan de una energía pura. Como la savia en una planta, esta energía corre a través de una red de venas, que según los Tántricos son el 'cuerpo sutil', formado alrededor del áxis de la columna vertebral.

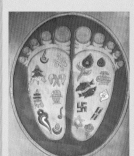

Los Tántricos eran iniciados en las sectas durante una relación sexual con una mujer en poder. La relación sexual, se creía, era una réplica del proceso de la creación misma, dónde la 'energía roja' de 'yoni' (vulva), es contínuamente fertilizada por la 'energía blanca' de la semilla ◆

KARMA

Los hindúes creen en la re-encar- nación. Creen en una vida- después-de- esta-vida, y están convencidos que el precio que pagan en la próxima vida está basado en los hechos de esta vida. Las acciones de la vida pasada son conocidas como Karma. La vida presente de uno no es más que un reflejo de todas las acciones que uno hizo en su vida pasada. Esto es similar al cultivo de semillas – el tipo de semillas que se siembran asegura la calidad de la futura producción.

La muerte, para un hindú, no es muy distinto al cambio de ropa, el alma cambia de cuerpo una vez que éste muere. La meta de cada hindú

Karma es el reflejo de los hechos en la vida pasada que se manifiestan en el presente. El ser humano constantemente intienta mejorar su karma mediante la fe y las buenas obras. La meta final es elevarse a si mismo y salir del ciclo de la vida y la muerte para alcanzar el estado de eterna felicidad conocido como Moksha

es asegurar que el alma individual o el atman, se una con el alma cósmica o parmatman.

Otro incidente importante en la mitología india es la narración del Mahabharata. En la víspera de la gran batalla de Arjuna, el más valiente de los cinco hermanos Pandava, estaba dudando de la necesidad de pelear

ya que del otro lado de la batalla estaban sus primos. Krishna estaba en el campo de batalla como un auriga de Arjuna. Entonces le pronunció un discurso, ahora conocido como el Bhagwad Gita. La esencia del discurso, conocida por todos los hindúes, es que el karma es el Dharma; o que las acciones buenas de uno forman su propia religión.

Hay una creencia profunda en el destino: lo que tiene que pasar, pasará.

Esto no tiene que ser confundido con el ser haragán o fatalista, ya que si su vida previa nubló su vida actual, la manera de reaccionar en esta vida, tiene significado en la próxima.

Los hindúes creen que este ciclo de nacimientos y re-encarnaciones tiene lugar en 52 millones

de nacimientos terminando por nacer como un humano. Una vez que se llega a ésto, no debe de ser desperdiciado con un Karma Malo o malas acciones, ya que esto resultaría en re-encarnaciones retroactivas en el futuro: nacer como un leproso o como un animal menos evolucionado. Una vida humana ofrece la oportunidad de ascender dentro del ciclo de nacimiento.

El obtener la verdadera vida eterna es difícil ya que el mundo material por lo general desvia a uno del conocimiento de la verdad. Esta ilusión es conocida

como 'maya': un mundo donde la fortuna, las propiedades, el egoísmo, los celos y las relaciones crean tentaciones. Los hindúes creen que nada en este mundo es permanente. Como la flor de loto crece en el agua estancada, uno tiene que elevarse del mundo de maya. El reconocimiento de este deseo, y la lucha para salir de él, forman la base de las filosofías del Hinduísmo, Jainismo y Budismo.

Esto denota la ausencia de tensiones de la vida en la India, ya que si hay algo incompleto en esta vida, se hará en la próxima. Esto es algo que las religiones del Occidente no creen ◆

La base de la ley de Karma dice que 'Uno cosecha lo que siembra'. De acuerdo al Bhagwat Gita, el Karma de uno es conocer bien el trabajo y no preocuparse por las ganancias. Las manos de Sati (izquierda) y la incineración de cadáveres a orillas de los ríos muestran en fin del viaje hacia Moksha, o la liberación de una vida en la Tierra.

YOGA

Yoga es un camino práctico para el conocimiento de uno mismo, una forma de obtener ilustración por medio de la purificación del cuerpo entero, para que el cuerpo y la mente puedan tener la experiencia de una realidad absoluta bajo las ilusiones de la vida cotidiana. Es una de las más famosas filosofías de la tradición hindú, la cual es actualmente practicada por hindúes, cristianos y ateos.

Más que una religión, Yoga es una forma de obtener progreso espiritual por la que la disciplina del cuerpo tiene influencia en la conciencia. La concentración de la mente tiene poder sobre la materia. Ejercicios simples de yoga potencian el poder de la elevación espiritual, ésto es lo que da su nombre al yoga. Se dice que os yogis con experiencia tienen poderes extraordinarios, como la habilidad de desaparecer cuando quieren, pero que estos poderes no son generalmente utilizados frente al público.

Mientras que el Raja Yoga no considera el cuerpo como una ilusión, el Hatha Yoga utiliza el cuerpo como un método de liberación. El Hatha Yoga practica la 'fuerza del yoga' como disciplina para la purificación del cuerpo, el cual es imune al 'karma' y a la enfermedad. Una vez purificado, el cuerpo y la mente toman un estado de éxtasis llamado 'samadhi', donde la meditación intensiva conduce a la liberación. Kundalini yoga busca la unión de Shiva y Shakti dentro del cuerpo llevando a la 'serpiente' femenina de gran poder hasta el centro energético de la cabeza, la ubicación transcendental de la cabeza de dios.

En otras palabras, el yoga es un ejercicio que ayuda en el proceso de unión de la mente con el cuerpo. Esto se logra disciplinando al cuerpo a través de una mezcla de 84 asanas o posiciones. La más básica y efectiva de estas posiciones es Padmasana, o la posición de loto. La mayoría de los gurus indios, como los budistas y los Mahravira, usualmente se ven sentados en esta posición. **Meditación, el primer paso:** Tome una alfombra pequeña y póngala en el piso. Siéntese encima de ésta con las piernas cruzadas en la posición de loto o

Padamasana, asegurando que mantiene la columna recta. Según las escrituras, la mejor hora del día para meditar es prabhat, cualquiera de los períodos que separan la noche y el día, el atardecer o el alba. Es aquí cuando la mayoría de las personas practican la meditación, se las puede ver en los parques, o en los ghats o Vranasi.

Una vez sentado en la posición de loto, comience con el pranayama o respiración. Siendo ésta la fuerza principal de la vida, la respiración tiene que ser regulada para que el estómago se contraiga o extienda con cada exhalación o inhalación. Esto tiene que hacerse a un ritmo constante. Mientras uno expira, debe aprender a decir "Om", el sonido que parte desde el estómago, y que produce un sonido que dura tanto como la exhalación lo permita. Siga repitiendo esto y observará la aligeración del cuerpo y una calma interna, pronto su concentración será total, el estado de dhyana.

Las fuerzas que dan vida al cuerpo, llamadas prana, son encauzadas por canales llamados nadis. Para mejorar el Dhyana, o la habilidad de concentración, es mejor utilizar una vela o lámpara de aceite durante los ejercicios de respiración o pranayama. Ponga la lámpara en una habitación obscura y, sentado a una distancia confortable, mire la punta de la llama. Mírela fijamente durante el mayor

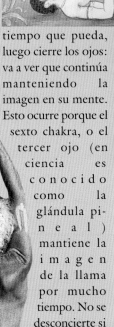

tiempo que pueda, luego cierre los ojos: va a ver que continúa manteniendo la imagen en su mente. Esto ocurre porque el sexto chakra, o el tercer ojo (en ciencia es conocido como la glándula pineal) mantiene la imagen de la llama por mucho tiempo. No se desconcierte si al principio solamente dura un tiempo corto – después de todo, uno no aprende a caminar en un solo día. La mente humana es como un pequeño pájaro que no se queda en un solo lugar. Es natural que nuestros pensamientos constantemente interrumpan nuestra concentración. (Un gran yogi puede tomar control de la mente mientras suspende todo diálogo interno). Pero estos ejercicios simples pueden producir una gran diferencia en su vida diaria. Se va a sentir más liviano, y le va a resultar más fácil controlar las emociones como los celos, el enojo y el ego ◆

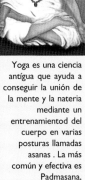

Yoga es una ciencia antígua que ayuda a conseguir la unión de la mente y la natería mediante un entrenamientod del cuerpo en varias posturas llamadas asanas . La más común y efectiva es Padmasana, o posición de loto. (arriba)

SADHUS
INDIAN ASCETICS

La ideología por la que el mundo material es una ilusión o 'maya' es repetida en las filosofías hindúes, budistas y jainistas. En la tradición hindú, los 'sadhus' son ascetas que siguen el camino de la penitencia y la austeridad para obtener la iluminación. Creen que el mundo está hecho de fuerzas creativas de 'mayas' (ilusión). Los sadhus renuncian y no aceptan las ataduras a este mundo y la vida de acción para borrar las acciones pasadas y liberarse a un mundo con la realidad divina.

La austeridad extrema de algunos

sadhus no los marca como fanáticos religiosos, ya que en India en la vida ortodoxa de un hindú, el hecho renunciar a cosas mundanas se ve como la cuarta etapa del ascetismo – después de formar una familia.

Muchos sadhus imitan la vida

Un devoto asceta de Shiva, conocido como sadhu, usa pasta de sándalo para poner el símbolo sagrado en su frente (*arriba*); otro sadhu medita al amanecer (*izquierda*); un sadhu con su discípulo en el Este de India (*página opuesta, arriba*); un baharupia vestido como Shiva (*página opuesta, centro*); y un sadhu con una serpiente pitón alrededor de su cuello (*página opuesta, abajo*)

mitológica de Shiva, el más grande de todos los ascetas. Llevan un tridente simbólico y se pintan tres rayas de ceniza en su frente para representar los tres aspectos de Shiva en su búsqueda asceta para destruir las tres impurezas – el egoísmo, la acción con deseo y el maya.

Los sadhus tienen un tambor de dos lados, el cual representa la unión entre Shiva y Shakti, y al adorar al 'linga', los sadhus prestan honor

a las manifestaciones de Shiva. Las túnicas color azafrán que son usadas por muchos sadhus significan que han sido simbólicamente bendecidos con la sangre fértil de Parvati, la consorte de Shiva. Es muy común verlos en las calles, en el campo y sobreviviendo a base de 'bhiksha' o donaciones a cambio de explicaciones o consejos en el lenguaje layman, de la filosofía de vida.

Dentro de los sadhus, los Nagas son los más prominentes ya que se mantienen desnudos, cubiertos solamente con un 'vibhuti' o

cenizas sagradas. Dejan crecer su pelo en bucles llamados 'jata'. Los sadhus se dividen en tres principales 'akharas' o denominaciones, las cuales fueron establecidas en el Siglo VIII por el gran sabio Adi Shankaracharya. Este estableció cuatro 'maths' o centros en las cuatro puntas extremas de India. En estos akharas, los sadhus aprenden el control de la mente y del cuerpo hasta ser maestros del yoga.

Las líneas en la frente no solamente describen a qué secta pertenecen, sino también a qué sub-secta. Cuando los sadhus visitan las ciudades o pueblos, cada dueño de casa, de acuerdo a su capacidad económica, les ofrece comida, dinero y ropa. La mayoría cocinan su propia comida. Con la excepción de las reuniones religiosas como las Kumbha Mela y Pushkar

Mela, las cuales duran meses, los sadhus raramente se quedan en un solo sitio, pasando la mayoría de las noches en un ashram, templo o lugar de incineración.

La ceremonia de iniciación para esta orden monástica contiene los últimos ritos de muerte, que los novicios deben de llevar a cabo. Esto simboliza el romper con el pasado y el entrar a una nueva vida. Es por esta razón que los sadhus no son incinerados después de la muerte, sino que son sepultados o puestos en agua (jal samadhi).

La vida de un sadhu exige penitencia y austeridad para obtener la iluminación. Los sadhus consideran el mundo como una ilusión, o un maya. Cubren sus cuerpos con cenizas para recordarse a sí mismos el fin. Su pelo, el cual lo hacen crecer durante años, se llama jata, y el bowl es conocido como kamanda.

Los sadhus generalmente pasan el primer año de su vida, después de la renuncia a lo mundano, con sus gurus o maestros. Los sadhus tradicionales se pelan como un signo de renuncia. Una vez que han aprendido las artes espirituales y de yoga, tienen que dejar al guru para caminar por las calles y bosques, nunca quedándose en un solo lugar ya que creen que moverse mantiene al cuerpo en alerta, mientras que

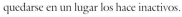

quedarse en un lugar los hace inactivos.

El mayor número de sadhus se encuentra en Juna Akhara, un lugar famoso por las penitencias extremas y los éxitos yogísticos de sus miembros. Los actos de penitencia como el pararse en una pierna o sostener el brazo en el aire durante doce años dan a los akharas poderes como el elevarse por medios espirituales, el hacerse invisibles y la habilidad de crecer o encogerse a cualquier tamaño.

Muchos miembros de esta secta hacen penitencias como enterrar sus cabezas en el suelo durante días, para atrapar las almas que pasan ◆

KUMBHA MELA

El movimiento do los océanos del que emerge el recipiente sagrado, o Kumbh (izquierda); millones de personas se bañan en el Ganges con ocasión del gran Kumbh (página opuesta, abajo); una imagen de la diosa Ganges sobre un cocodrilo (página opuesta, centro).

El Kumbha Mela es la conferencia más grande de los sadhus, que tiene lugar una vez cada doce años. El día de la conferencia se calcula de acuerdo a la posición de las estrellas y los planetas. Hay cuatro lugares en donde se desarrolla la conferencia. De éstos, la conferencia en Prayag, cerca de la ciudad e Allahabad, es la más famosa. Prayag está marcado por ´sangam´ o confluencia de los tres ríos – el Jamuna, el Ganga y el Saraswati, éste último es un río místico que, de acuerdo a los textos antiguos, existió una vez pero luego desapareció bajo tierra.

El festival Kumbha dura tres meses. Durante este período, millones de devotos se bañan en las aguas sagradas de los ríos Ganga y Jamuna. Todos los akharas y las sub-sectas de los sadhus se reúnen en este lugar. Una de las características principales es el baño sagrado que toman los sadhus.

Aparte de Prayag, el congreso tiene lugar en Nasik, Ujjain y Haridwar.

La palabra ´kumbha´ significa una vasija que contiene el néctar de la inmortalidad, que según los hindúes, vino del océano. Los dioses y los demonios pelearon para poseerlo, y en la lucha, unas pequeñas gotas cayeron de la vasija en cuatro lugares de la tierra. Desde ese entonces, estos lugares son los considerados sagrados para la celebración de Kumbha Mela.

El mejor espectáculo es el baño real llamado 'shahi snan'. Las distintas órdenes de los sadhus marchan hacia el río para tomar el baño sagrado. Los sadhus de Naga marchan desnudos en el gran frío del norte de India. La cabeza de cada math o secta marca la procesión con miles de personas siguiéndole mientras cantan y gritan oraciones de alabanza.

Llevan paraguas bordados, cosas de plata,

girnaldas, trompetas, tambores, etc. Algunos se sientan con los elefantes, otros con los caballos, mientras que otros simplemente hablan. Las áreas dónde los akharas se bañan están marcadas y tienen horarios. Las oraciones se leen, las figuras de los dioses se sumergen en agua, se ofrecen frutas, flores y dulces, que llegan hasta el río, y luego los sadhus están listos para su baño sagrado.

Una vez conocí a un sadhu, en una pequeña cueva dentro de un templo. Después de su oración durante la mañana, me bendijo poniendo su mano sobre mi cabeza. Parecía que la energía positiva de su mano viajaba por todo mi cuerpo. Este es el poder de los Yogis.

Los hindúes tienen gran aprecio por los sadhus y los sanyasis. Desde los políticos hasta los hombres de negocios, científicos y profesionales, todos se inclinan para tocarles los pies y pedir sus bendiciones ya que los sadhus tienen los poderes otorgados por la divinidad ◆

De acuerdo al Hindu-ismo, en la vida de un hombre hay cuatro etapas o estaciones llamadas ashrams las cuales tienen que ser respetadas para mantener una existencia ordenada.

BRAHMACHARYA

La primera etapa de la existencia comienza con la ceremonia del hilo, donde el hijo vive solo con un guru. Las tres hebras del hilo sagrado le recuerdan al estudiante de dios, la inteligencia y el respeto por el guru. En el gurukul o el colegio de gurus, los niños aprenden a pensar y a sobrevivir independientemente. El guru utiliza pláticas para instruir sus mentes jóvenes, por medio de yoga, las escrituras, la disciplina y dharma.

GRIHASTHA ASHRAM

La segunda etapa de la vida del hombre, el mantener un hogar, comienza a su regreso de gurukul. Una vez casado, Comienza a ganar dinero a través de trabajos honestos y reservando un décimo de su dinero para la caridad. En esta etapa de su vida, disfruta de los placeres sexuales, les brinda a sus hijos una buena educación y arregla sus matrimonios.

VANAPRASTHA ASHRAM

Una vez que sus obligaciones sociales terminan y que sus hijos se casan, comienza a disociarse de los placeres mundanos en busca de la verdad eterna. Ahora se prepara para llevar una vida simple en los bosques.

SANYAS

La última etapa en la

◆

LAS CUATRO FASES DE LA VIDA

◆

vida del hombre es la renunciación a todos los deseos. Está en soledad, pasando la mayor parte de su vida como hermitaño en los Himalayas. Pasa su tiempo practicando yoga para poder purificar su corazón y su mente. Con la ayuda de pranayama, lentamente levanta el velo que cubre su mente para poder practicar dhyana o

La familia Chattwal en el ahram de Girihasth (izquierda, página opuesta);Estudiantes Bhramchari en una escuela de gurus en el sur de India (abajo); Vanaprastha - un monje caminando lejos de las comodidades mundanas (arriba); sanyasins que han roto todos sus lazos con la sociedad e incluso con sus familias (izquierda y dercha)

la concentración total que, a su vez, toma control de los sentidos. Finalmente, uno entra en samadhi, el estado en el cuál el objeto y el sujeto de meditación son uno solo. Esto ayuda a obtener el moksha o la liberación del ciclo de vida y muerte ◆

ENTENDIENDO EL SISTEMA DE CASTAS

El sistema de castas se encuentra solamente dentro de la sociedad hindú. Su origen se remonta a las primeras etapas de esta civilización. Con el descubrimiento del hierro y el cobre, las tribus nomádicas comenzaron a sembrar, y con esto la necesidad de quedarse en un solo lugar. Estas sociedades nacientes pronto evolucionaron en gobiernos y administraciones locales. Eligieron un administrador con el título de raja. El raja tenía el apoyo del consejo de administradores, los cuales eran responsables de las asambleas locales llamadas Sabha y Samiti.

Cuando el comercio creció a lo largo del río Ganga, las personas de cada sociedad comenzaron a ser reconocidas por sus distintas ocupaciones. Algunos sociólogos piensan que el sistema de castas nació de la división de trabajo.

En nuestro lenguaje antiguo, el Sánskrito, la palabra utilizada para la casta es 'varna', la que, una vez traducida, significa color. Los Arios de piel clara, que habían conquistado los Drávidas de piel oscura y que eran los primeros ocupantes de las tierras del norte, estaban en la parte más alta de esta jerarquía. Eventualmente, las cuatro divisiones de la sociedad estaban relacionadas con el color de la piel.

Brahmins: Altos y de piel blanca, con características elegantes, eran reconocidos como los sacerdotes y los maestros.

Kshatriyas: La casta de guerreros, quienes eran responsables de mantener la ley y el orden dentro de la comunidad y de proveer protección contra los invasores.

Vaishyas: Los comerciantes de piel oscura, y con responsabilidades de servicio.

Shudras: Cuando la estructura social creció a un nivel complejo, una cuarta clase se adhirió a la lista. Los Shudras hacían el trabajo de limpieza y sanidad; y quitaban la piel de los animales muertos. Vivían fuera de la sociedad, por lo general en los límites del pueblo.

Al principio, el sistema de casta era fluído, dejando que hubiera movimiento de un nivel a otro, hasta que una administración social compleja no permitió que esta flexibilidad ocurriera. Para cumplir con esta inflexibilidad, se hizo un decreto de que solamente el nacimiento y la muerte podían determinar a qué casta una persona pertenece.

Los Brahmins, para salvaguardar los privilegios sociales, otorgaron una justificación intelectual de los Vedas al sistema de castas.

De acuerdo a los Vedas, escrituras hindúes, Brahma creó al ser humano y el sistema de castas. De la boca de Brahma se crearon los Brahmins y tenían el trabajo de predicar.

Es contrario a la ley diferenciar personas según su casta. Todavia los trabajos más tradicionales son distintivos de la casta más baja como pelar animales (izquierda); Las ceremonias de purificación llevadas a cabo por la casta más elevada, los Brahmin is (página opuesta,abajo).

De sus brazos nacieron los Kshatriyas, los protectores de la sociedad. De su quijada nacieron los Vaishyas, quienes estaban encargados de los negocios. Finalmente, de sus pies nacieron los Shudras, quienes llevaban el peso de toda la sociedad mientras hacían el trabajo sucio y lacayo.

Alrededor del 600 AC, el sistema de castas era irrevocablemente estático, con los Brahmins siendo los consejeros principales al gobierno, los Kshatriyas organizando el ejército, los Vashiyas manejando el comercio y la manufactura, y los Shudras relegados al borde de la sociedad. La segunda y tercera castas prosperaron y se resentían del control y la sofocación producida en la sociedad por los Brahmins. Su salvación se generó en la forma de dos filosofías, que luego se convirtieron en dos grandes religiones – Jainismo y Budismo. Estas nuevas religiones ofrecieron igualdad y mobilidad social dentro de todas las clases de la sociedad.

Castas en la India actual: De acuerdo a la constitución de India, es ilegal discriminar a una persona por su casta. El líder de los Harijan (el nombre que Gandhi le otorgó a los Shudras y que significa, literalmente, las personas de Dios), B.R. Ambedkar, era una de las personas principales que prepararon la constitución. Hoy, el término politicamente correcto para un Shudra es 'Dalit'.

En las metrópolis, en la vida diaria, la casta tiene un rol insignificante. Es más, con la evolución de la vida, ahora está desapareciendo. Pero el sistema de castas continúa en los pueblos dónde vive más del 80 por ciento de la población de India. Ahí, los factores de castas toman un rol importante en los matrimonios y durante las elecciones. Los candidatos a matrimonio en las aldeas son elegidos en base a su casta y no en base a los méritos. Pero, hasta el día de hoy, los trabajos tradicionales continúan siendo otorgados según la casta ◆

El bindi es la marca en la frente que muchas mujeres utilizan. Las mujeres casadas denotan su estado civil por medio del 'sindoor', un polvo vermellón que se pone en la raya del pelo, o pintándose un bindi rojo en su frente.

EL BINDI Y EL TILAK

utilizan marcas en sus frentes. Estas son usualmente puestas durante ceremonias religiosas o en las visitas a los templos. Estas marcas son llamadas 'tilak'. Estas marcas religiosas se ponen en los hombres y las mujeres por igual.

Las mujeres hindúes generalmente llevan un bindi como cosmético decorativo en la frente (página opuesta, arriba); Los hombres también adornan su frente con una marca denominada tilak que proclama su creencia religiosa (página opuesta, abajo); vendedor de polvo vermellón en Varanasi (página opuesta, abajo).

Simbólicamente, una tilak denota la apertura del tercer ojo, el ojo de la inteligencia interna.

La ciencia del yoga kundalini reconoce los centros de energía, llamados 'chakras' dentro del cuerpo humano. El primer chakra está en la base de la columna vertebral, mientras que el

Las viudas no pueden utilizar marcas en sus frentes.

Los bindis se venden en todas las formas y tamaños imaginables. Antes, los bindis eran pintados en la frente con polvos; ahora, las mujeres Indias, utilizan calcomanías de bindis en sus frentes. La gran variedad de colores ayuda a las mujeres a coordinar el color del bindi con el sari.

Los hombres también

sexto chakra está en la frente, justo por encima de la entreceja, y es llamado el ajna chakra.

Los sadhus y los sanyasis utilizan tilaks diferentes en sus frentes, dependiendo de la secta a la que pertenecen. La tradición del tilak es muy antigua. La ceremonia de coronación de los reinados Indios era manejada por el raj purohit o por los jefes de los sacerdotes, quienes marcaban la frente de los reyes con el raj tilak. Esto también se utilizaba para dar la bienvenida a las visitas y a los miembros de las familias que regresaban a la casa, o comenzaban un viaje. Esto es una parte esencial de las ceremonias religiosas ◆

EL MAHABHARATA

Un fresco mostrando a Krishna conduciendo un carro en el Mahabharata (arriba); Krishna en el pilar de un templo en Kanchipuram (página opuesta, arriba); Portada del libro sagrado del Mahabharata (página opuesta, centro); Krishna a la entrada del Palacio del Lago, Udaipur (página opuesta, abajo).

Con más de 100.000 estrofas, el Mahabharata ('Gran Épico de la Dinastía Bharata') es tal vez el poema más largo que se ha escrito. Su posición, junto con el Ramayana, es de una de las dos más grandes obras épicas del Sánskrito. Original-mente titulado 'Jaya' (victoria), fue probablemente comenzado en el siglo III ó IV ac., pero después de muchas enmiendas, fue finalmente completado al final de la dinastía Gupta en el siglo IV, dc. Pero, muchas de sus estrofas son más antiguas, con fechas del período Védico. Es más, algunas de sus historias nos recuerdan sociedades del 1.000 ac. Por ejemplo, Indra, el dios de la lluvia Védico, se menciona muchas veces en las primeras partes del texto, a pesar de que para el siglo IV, ac, era nada más que una figura del folklore del país.

Krishna aparece en la obra épica como el líder de su gente y el aliado de los Pandavas. En las batallas a lo largo de la historia de los Pandavas, aparece más como un gran guerrero que

forzándolo a parar y pensar cuando el significado no estaba claro.

Llamado el 'Homero del Este', se dice que Vyasa compuso todo el Mahabharata y las dieciocho Puranas, aparte de los cuatro libros Vedas. También era un sacerdote y maestro. Vyasa tiene una parte principal de la escritura: él es el padre de algunos de los principales personajes épicos – las dinastías opuestas de los Hijos de la Oscuridad y de los Hijos de la Luz – y él apreció en la historia como el consejero de los personajes necesitados o con problemas.

El tema central del Mahabharata trata de dos dinastías – los Pandavas y los Kauravas. Las familias rivales eran

como un dios, pero luego crece para, finalmente, aparecer como un teólogo de la de la humanidad.

De acuerdo a la leyenda, todo el Mahabharata fue dictado a Ganesha, el dios con cabeza de elefante, por Vyasa (su nombre en Sánskrito significa "el que Compila'), pero con una condición: él tenía que escribirlo si estaba de acuerdo en no parar. No importa cuán rápido era dictado, Ganesha mantenía el mismo ritmo de escritura. Una vez, rompió uno de sus colmillos para utilizarlo como una pluma, ya que esta estaba rota, y así no perder las palabras sagradas. Los párrafos más complicados eran aparentemente para parar a la deidad,

primos, los hijos de dos hijos de Viyasa: el ciego Dhritarashtra y el piadoso Pandu. Dhritarashtra era el mayor, pero por ser ciego, Pandu fue el heredero al trono. Pandu tuvo cinco hijos: el mayor y honrado Yudhishthir; Bhim que tenía gran fortaleza; Arjun, un guerrero hábil y los mellizos Nakul y Sahdev. Dhritarashtra, por el otro lado, tuvo 100 hijos; siendo el mayor Duryodhan.

Cuando Pandu murió, su hermano Ciego Dhritarashtra acogió a los hijos de Pandu bajo su

propio palacio.

Con el tiempo, Dhritarashtra dividió su reinado, dándole la mitad a Yudishthir y la otra mitad a Duryodhan. Pero, Duryodhan se puso celoso por todo el afecto que su padre sentía por su primo y por la mitad del reinado que este le había otorgado. Con astucia, los Pandavas fueron forzados al exilio y tuvieron que esperar trece años antes de poder regresar y reclamar el reinado.

Esta es la causa del épico de guerra que continua la historia, resultando en la destrucción total de la línea genealógica, con la excepción de un sobreviviente que continuó la dinastía. Esta guerra forma parte del texto sagrado llamado 'Bhagwad Gita'.

En realidad, el Maha-bharata es acerca de la gran batalla que tuvo lugar en Kurukshetra, donde los Pandavas pelearon contra los Kauravas. Pero, el más valiente de los hermanos Pandava, Arjun, no estaba convencido de pelear en contra de sus primos. En este momento, el dios Krishna dio un gran sermón de dharma, la responsabilidad del guerrero de pelear por lo que es correcto. La base del discurso fue escrita en el Bhagwad Gita.

Finalmente, los hermanos Pandava ganaron el reinado, y el herido Bhishmapitama, el tío abuelo de ambos primos, explicó las obligaciones y las responsabilidades del gobierno Yudhishthir.

Las enseñanzas del Bhagwad Gita no tienen comparación en la filosofía hindú. Subrayan las responsabilidades de nishkarma, la ética moral desprovista de codicia, celos y competición ◆

EL RAMAYANA

El Ramayana es la historia mitológica más popular de India. Se lee en las casas, en los templos, como discursos religiosos, y son representados en obras de teatro. Es el poema épico más antiguo de India, escrito en Sánskrito por el sabio Valmiki en el siglo V ac. Tiene siete kands o secciones que contienen 50.000 versos.

La historia trata de la séptima re-encarnación del dios Vishnu, quién vino a la Tierra para librarla de Ravana, el rey demonio de Lanka que tenía diez cabezas. Ravana había rezado ante Brahma y vivía con gran austeridad. Como resultado,

Brahma no tuvo otra solución que otorgarle el don de la inmortalidad: no podía ser asesinado ni por dioses ni por demonios. No llevó mucho tiempo para que Ravana se intoxicara con estos nuevos poderes. Comenzó molestando a los dioses y los mortales. Los dioses estaban preocupados y decidieron que la única forma de eliminarlo era mandando a Vishnu a la Tierra vestido como un rey mortal. El poderoso Ravana nunca pensó que un humano pudiera pelear con él. El dios Vishnu vino a la Tierra como Rama, el hijo mayor de Raja Dashratha, que tenía cuatro hijos.

Una pintura religiosa mostrando, de izquierda a derecha , a Hanuman sosteniendo un paraguas, Rama, Sita, su esposa, y su hermano Laxman (*arriba*); Rama apunta al rey demonio de diez cabezas (*izquierda*); la celebración de Dussera; una pintura de Krishna en el palacio de Bundi (*página opuesta, arriba*).

Sus hermanos menores eran Laxman, Bharat y Shatrughan. Rama se casó con Sita, la hermosa hija de Raja Janaka; y la ganó en una competición a la que todos los príncipes del reinado asistieron.

Después del casamiento, Dashratha decidió renunciar y pronunciar a Rama como el rey de Ayodhya. El anuncio fue bienvenido a través del reinado, pero la segunda esposa de Dashratha le recordó al rey una promesa que éste le hizo, y pidió que su hijo Bharat fuese el rey y que Rama fuera exiliado a una jungla por catorce años. El rey no pudo echarse atrás en su promesa, y así Rama, acompañado por Sita y su hermano Laxman, fueron a la jungla.

Muchos palacios y templos de India están adornados con historias del épico de Ramayana y Mahabharata. Los techos del palacio de Orcha (*izquierda*); el palacio Holandés en Cochin (*abajo*); y piedras engravadas del templo de Somnathpur, la cuál muestra varias historias del Ramayana.

Rama, Sita y Laxman se quedaron en una casa pequeña en Chitrakoot, entre los ríos Jamuna y Godavari. En la jungla, se encontraron con el demonio Suparnakha, la hermana de Ravana, quién se enamoró del buen mozo príncipe. Rehusada por este, los atacó, y Laxman le cortó la nariz, los ojos y los pechos. Un ejército de demonios vinieron a reivindicar el honor. Cuando Ravana escuchó lo ocurrido, decidió recuperar el honor de su hermana.

Él también había escuchado de la belleza de Sita. Disfrazado de ciervo, sacó a los hermanos de la casa y vestido de sadhu, llamó a Sita y le pidió comida.

Al poco tiempo, el triste Dashratha murió y Bharat, quién había sido coronado rey, rehusó sentarse en el trono. En vez, fue a la jungla a persuadir a Rama para que volviese a Ayodhya. Pero Rama rehusó regresar hasta que su exhilio terminara, y Bharat regresó con las sandalias de Rama, las cuales puso en el trono como signo de respeto.

Cuando Sita fue a darle comida, éste la secuestró y la llevó a Lanka. En el camino, el rey de los buitres, Jatayu, entró en combate con él, pero fue fatalmente herido. Antes de su muerte, le pudo informar a Rama y Laxman de camino para salvarla. Mientras tanto, el ejército de monos pudo construir un puente de piedras a través del océano. Rama y su ejército encabezaron el asalto final en Lanka. La batalla feroz produjo pérdidas de ambos

Rama esperando ansioso la llegada de Hanuman con su hierba mágica llamada sanjeevni, la única medicina que podía curar las heridas de su hermano Laxman. Hanuman no pudo encontrar la hierba dentro de tantas plantas, entonces le trajo a Rama toda la montaña (arriba)

lo ocurrido y la identidad del secuestrador. Los hermanos pidieron la ayuda del rey de los monos, Sugriva, y de su ejército de monos, el ´vanar sena´, encabezado por Hanuman. Hanuman podía volar y probó ser de gran utilidad para Rama, espiando las actividades de Ravana en Lanka. También pudo encontrarse con Sita y decirle que Rama estaba en

lados, pero a pesar de que Laxman y Rama sufrieron heridas, pudieron matar a los demonios. En la penúltima batalla entre Ravana y Rama, el bien triunfó sobre el mal.

Veinte días después de la victoria sobre Ravana el demonio el de las diez cabezas, Rama regresó a Ayodhya y encontró la casa iluminada con lámparas en su honor. Hasta este día, siglos más tarde, la victoria de Ram sobre Ravana es celebrada como el festival de Dashera, y veinte días después se celebra el regreso de Ram a Ayodhya con el festival de Diwali, el festival de las luces ◆

BUDDHA
EL
ILUMINADO

Siddhartha Gautam nació en Lumbini, en Nepal, cerca de la frontera con India, alreadedor de 2.500 años atrás.

El padre de Gautam era el jefe de los Sakya, un grupo de guerreros. Después de su nacimiento, la madre del niño tuvo un sueño acerca de un elefante blanco. Como era costumbre, el astrólogo de la corte fue llamado para interpretar el sueño. La conclusión del astrólogo molestó al rey – el niño real, dijo, iba a crecer y ser un famoso monje. El rey quería que su hijo fuese un guerrero y un gobernante, no un monje. La corte, entonces, preparó un plan para mantener al príncipe dentro del palacio, siempre rodeado de objetos hermosos y de extravagancias.

Cuando creció, era aparente que el príncipe no estaba interesado por las lozanías, por el contrario pasaba sus horas pensando. Sus padres arreglaron su matrimonio con una hermosa princesa, y de esta unión

Pintura del siglo V de las cuevas de Ajanta en la que se muestra el regreso de Buddha a su palacio como un bhikshu y la acogida de su esposa e hijo quienes con lágrimas le entregan su alma (derecha); Escultura de Buddha de 76 metros de largo representando el parinirvana, o ascenso al cielo (abajo).

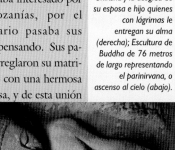

nació un hijo, que se llamaó Rahul.

Un día, mientras caminaba por el jardín, Gautam vió una anciana que temblaba y caminaba con la ayuda de un bastón. Gautam le preguntó a su ayudante que pasaba con esa anciana. Su ayudante le contestó que no

había nada malo con la anciana y que solamente sufría de vejez.

Fue la primera vez que el joven príncipe

costillas y venas se hicieron invisibles. Una mujer de la casta de los 'intocables' le ofreció leche, y pensando que era la figura de algún santo, Gautam la tomó. Esto horrorizó a sus discípulos, quienes pensanban que él era un tapasvi falso ya que no era lo suficientemente fuerte para sufrir hambre durante la penitencia.

descubrió que toda la gente envejece. Más tarde, en una de sus caminatas, vió primero a un hombre enfermo, y luego el cuerpo de un hombre que había fallecido. Sus incertidumbres acerca de los pesares que el cuerpo humano tiene que superar se hicieron claras cuando, un día, se encontró con un sadhu, un hombre sagrado, en cuyo rostro mostraba sabiduría. Gautam comenzó a preguntarse qué tenía este hombre que otros no tenían. Decidió no descansar hasta descubrir la verdad.

Desde ese momento, caminó de aldea en aldea como un bhikshu buscando almas. Trató de hospedarse con gurús, pero nadie pudo ofrecerle las respuestas del misterio de la vida, o satisfacer su necesidad de conocimiento.

Finalmente, acompañado de cinco discípulos, Gautam decidió meditar en soledad. Pasó hambre durante tantos días que sus

Así sus discípulos le abandonaron. Gautam se sentó bajo un árbol 'bodhi' en Bodhgaya, y meditó continuamente durante 45 días. Nada pudo distraerlo ya que él había obtenido el estado de iluminación conocido como moksha. Desde ese entonces, a Gautam se le comenzó a llamar Buddha, que significa "el iluminado".

Luego, Buddha viajó a Sarnath, cerca de Varanasi, en busca de sus cinco discípulos y

ahí dió su primer sermón. Habló de cuatro verdades nobles:

La vida está llena de sufrimientos
El sufrimiento es causado por el deseo
El sufrimiento puede superarse controlando el deseo
El control de deseo sigue un camino de ocho etapas.
Las ocho etapas consisten de:
El anhelo correcto, El conocimiento correcto, El habla correcta, El comportamiento correcto, La vida correcta, Los esfuerzos correctos, La atención correcta y La concentración correcta.

Las enseñanzas de Buddha nunca se escribieron hasta bastantes años después de su muerte. Fueron pasadas de boca en boca durante trescientos años. La primera reunión

Una columna del siglo V, mostrando a Buddha en varias figuras (*página opuesta, izquierda*); Figura de roca en un templo mostrando a Buddha predicando, Ajanta (*centro*); un artista creando una pintura de Thanka, que muestra la vida de Buddha (*izquierda*); y las ruedas de oraciones Budistas (*abajo*).

religiosa del Budismo tuvo lugar durante el reinado del Emperador Ashoka, en Bodhgaya, donde se fundó una orden monástica, o Sangha. A partir de entonces comenzaron a ponerse por escrito las enseñanzas de Buddha. Uno de los primeros textos se escribió en Pali, por ser una lengua común entre la gente del lugar.

El Emperador Ashoka estaba completamente arrepentido después de su victoria en la batalla de Kalinga, donde miles de soldados fueron asesinados. Buscó refugio y consuelo en las enseñanzas de Buddha. Quiso difundir su mensaje entre la gente para lo que hizo construir pilares, conocidos como los pilares de Ashoka, en los que se grabaron las enseñanzas de Buddha. Su hijo llevó consigo a Ceilán un esqueje del árbol 'bodhi', el mismo árbol donde Budha fue iluminado. Los mensajeros llevaron el credo de la religión por todo el Sudoeste de Asia, donde se estableció firmemente. A pesar de que el Budismo nació en India, perdió valor en este país debido al resurgimiento del Hinduismo. Como resultado, el Budismo se concentró solamente en pequeños sectores de los Himalayas, dónde sobrevivió a causa del aislamiento de estas regiones.

Después de su muerte, los discípulos de Buddha se dividieron en dos sectas llamadas Hinayana y Mahayana. Hinayana, o el menor vehículo, también fue conococida como una forma de vida antigua.

Los fieles seguidores de la secta de Hinayana optan por la vida en los monasterios. En las enseñanzas de Hinayana, Buddha nunca es representado por su figura humana; sino por una rueda, sus pies, un elefante, el árbol 'bodhi' u otros símbolos. Hinayana continúa teniendo una gran influencia en Ceilán, Burma, Tailandia, Laos y Cambodia.

Mahayana, o la gran rueda de la ley, gozaba de más popularidad que Hinayana y, al contrario que ésta, sí representaba la figura humana de Buddha. Su figura se puede ver en muchos lugares de India y en sus países limítrofes. En India, todos los sitios asociados con la vida de Buddha continúan siendo lugares principales de peregrinación, no solamente para los budistas sino para muchas otras personas atraídas por la paz natural de esta religión ◆

Monjes budistas en un monasterio (página opuesta, arriba); Pintura mural representando a Buddha en mudras distintos (página opuesta, centro); Parte superior de una columna Ashoka, Circa 327 a.C. (página opuesta, abajo); Pintura mural en Ajanta representando Bodhisattva Padmapani (izquierda); Buddha predicando su primer sermón en Sarnat (arriba); Monje ofreciendo sus oraciones (derecha); Ciervos y rueda de la ley simbolizando Sarnat (derecha).

JAINISMO

Una imágen del siglo X de 18 metros de alto del primer tirtankar llamado Gommateshwara, en el Sur de India, es uno de los mayores centros de peregrinación para los Jainistas (*arriba*); los piés, hechos en cobre, del dios Mahavira (*abajo*); y uno de los templos más hermosos de la religion Jain en Ranakpur, Rajasthan (*página opuesta, abajo*)

'todas las criaturas vivientes se necesitan las unas a las otras.''

Mahavira, el último de los tirthankars, era el Jain más asceta de todos, y se considera como el fundador del Jainismo moderno. Como Buddha, era noble por nacimiento, pero rehusó sus riquezas familiares cuando tenía treinta años. Desde el momento de su renuncia, anduvo desnudo y se decía que no se preocupaba por dormir, estar limpio, comer o beber.

Al igual que las enseñanzas de Buddha, la doctrina de Mahavira se basaba en la posibilidad de liberarse del deseo, del sufrimiento y de la muerte. Mientras que Buddha enseñaba la busqueda del punto medio entre la lujuria y el ascetismo, Mahavira se hizo famoso por la severidad de su ascetismo y la completa abnegación del mundo material. Fue conocido como el gran asceta, el "conquistador más victorioso (Maha) de la mente y del cuerpo (vira)".

Las enseñanzas de Mahavira respetan todas las formas de vida. Viajó por India predicando su filosofía de la anti-violencia. Sus enseñanzas eran refrescantemente diferentes a aquellas

La palabra 'Jain' tiene su origen en la palabra 'jina' del sánskrito, que significa conquistador de la mente. Se dió un epíteto a los 24 'tithankars' (profetas) quienes, a través de la austeridad, conquistaban las mentes, pasiones y cuerpos que otorgan un ciclo de vida y re-nacimiento continuo.

El Jainismo es la religión más asceta de todas las religiones de India. Su meta no es la glorificación del dios absoluto, sino el obtener la propia perfección por medio del abandono gradual del mundo material.

En el corazón de la religión Jain está la creencia de una forma extrema de 'ahimsa' (anti-violencia), la cuál demanda que los seres humanos no sean lastimados ya que

practicadas por los Brahmanes. Él se oponía al sistema de castas y a los ritos de los Brahmanes. Llegaba al estado de nirvana solamente cuando entraba en meditación profunda, estando sin comer ni beber nada, y así dejaba su cuerpo humano. Imitando su vida, y a través del desarraigo del mundo material, los monjes y monjas de la religión Jain esperan llegar a la liberación.

Hay dos sectas principales dentro del Jainismo – Digambar y Svetambar. Los monjes de Digambar van completamente desnudos. El nombre de esta secta significa "para el que el cielo es su cobertura/ropa." Se afeitan la cabeza, viajan descalzos de un lugar a otro, no cubren sus cuerpos ya sea pleno verano, llueva, haga frío o haga sol. Comen solamente lo que se les ofrece y una sola vez al día, y la cantidad de comida que comen es solamente lo que les entra en las palmas de sus manos.

Nunca se quedan en un solo lugar por más de tres días, y lo único que llevan consigo es un abanico hecho de plumas de pavo real, que utilizan para ahuyentar los insectos antes de sentarse. También llevan con ellos un 'kamandal', o un cuenco para pedir limosna donde los creyentes pueden poner sus ofrendas. Son extrictamente vegetarianos. De hecho, todas las tendencias propias de la anti-violencia están en los pensamientos del asceta. Toda la comida y bebida debe de ser inspeccionada en caso de que un ser con vida se encuentre en ella y

pudiera ser digerido. También hay que tener cuidado cuando al depositar un recipiente sobre algún sitio para que no haya ningún ser vivo debajo y así no lastimarlo.

La secta de monjes llamada Svetambra se viste solamente con ropas blancas. Llevan consigo un cepillo de plumas de pavo real con el cuál limpian los insectos de su camino. También llevan una máscara para prevenir la posible inspiración de pequeños organismos. Los ascetas Jainistas no preparan comida, y solamente toman el agua que haya sido previamente filtrada. Esta secta acepta a mujeres monjas.

Contrariamente a lo que se cree, las personas más ricas de India se encuentran dentro de la religión Jain. Por las creencias de su religión, no pueden ser granjeros, sembradores o guerreros ya que matar a otro ser humano es un pecado. Esto explica que tomaran el comercio como su ocupación profesional. ¡Y de qué manera! Hoy en día controlan todo el comercio de diamantes y piedras preciosas, aparte de otros negocios.

En el siglo III, aC, el Jainismo recibió el patronato de la dinastía Maurayan. Hay centros de peregrinación importantes en Rajasthan (Ranakpur y Dilwara), Gujarat (Palitana), Mysore (Shravan Belgola). Las leyendas mitológicas populares del Jainismo están representadas en varios templos en estos tirthas (centros de peregrinación).

El hijo del primer profeta Jain, Adinath, se llamaba Bahubali. Cuando su padre dejó su hogar para ser un asceta, los dos hermanos – Bharata y Bahubali – comenzaron a pelear por la propiedad de su padre. Cuando la pelea entre los dos hermanos empeoró todo estalló. En ese momento, Bahubali se preguntó qué era lo que buscaba – ¿dinero? ¿propiedades? Con el tiempo todo iba a

quedar allí. ¿Por qué iba a pelear por cosas materiales? Así, renunció a todas las posesiones materiales y comenzó a vivir una vida de asceta. Permaneció de pie sin ropa en un lugar descubierto durante tanto tiempo que comenzaron a crecerle enredaderas alrededor de los brazos y piernas. Su pelo creció. Finalmente encontró la iluminación en el tirtha de Shravan Belgola en Karnataka. Este lugar ahora tiene una estatua de Bahubali de 17 metros de alto Según otra leyenda, el tirtankar número 23, el dios Parshavanath, se encontró con un sadhu que estaba haciendo una penitencia de cinco fuegos – cuatro fuegos

Las ofrendas para el templo se guardan en frente a la imágen (arriba); Una figura de mármol blanco en el templo de Ranakpur, mostrando al dios Parshvanath bajo la protección de Nagraj y la ayuda de miles de cobras (centro); Guardia en frente a figuras de Mahavira (derecha)

alrededor de él y el quinto en su cabeza. Parshavnath se dió cuenta de que una serpiente se había refugiado dentro de una de las maderas y que si él no hacía nada para salvar a la serpiente, ésta se iba a morir en el fuego. Tomó un hacha y cortó el tronco donde se encontraba la serpiente. La serpiente escapó sin ser herida, pero como consecuencia perdió la concentración. El

Los templos jainistas son los más ricos y los mejor mantenidos de entre todos los lugares sagrados en India. Son increíblemente decorados con los mejores materiales disponibles. A la derecha se puede ver una de las 1444 columnas esculpidad en el templo de Ranakpur, lugar en el que ninguna columna es igual a otra.

sadhu se enfureció con Parshavanath por haberle molestado durante su meditación, y ambos partieron en distintos rumbos. Algún tiempo después, estando en plena meditación, Parshvanat fue visto por el sadhu de los cinco fuegos que se encontraba ahora en en cielo, y decidió vengarse. Mandó tanta lluvia que las aguas pronto llegaron hasta el cuello de Parshavanath. Pero la serpiente que él había liberado y era ahora la reina de las serpientes, también vio lo que le estaba pasando a su salvador. Así, junto con otros miles de otras cobras, la serpiente levantó a Parshvanath del agua para protegerle de la lluvia de manera que

pudiera continuar con su meditación. Toda esta historia está escrita en un hermoso panel del templo de Ranakpur.

La comunidad Jainista tiene solamente cinco millones de devotos en India. Su respeto por otras formas de vida producen una gran impresión en la sociedad india. El Oeste de la India es reconocido por sus muchos templos Jainistas, dedicados a los distintos tirthankars y construídos por comerciantes ricos. Las comunidades Jainistas continuaron con la construcción de templos, incluso mucho después de la dominación Mughal en muchas partes del país durante los siglos XVI y XVII. No es sorprendente que los templos Jainistas sean de los más ricos de India ◆

LOS SIKHS

El fundador de la religión Sikh, Guru Nanak, nació en la ciudad de Lahore (ahora en Pakistán). Desde su infancia, Nanak pasó la mayoría del tiempo pensando en Dios. Trabajó como tendero por un tiempo a pesar de que sus pensamientos eran siempre referentes a cosas espirituales. Una noche, tuvo una visión donde dios le pidió que saliera al mundo a predicar la palabra del amor a la humanidad. Entonces Nanak viajó a todos los lugares sagrados de los hindúes y los musulmanes. Se sorprendió por la falta de reglas y rituales que dominaban el pensamiento de las masas. Predicó que Dios estaba en todos y estaba presente en todos los lugares, no solamente en los templos, las mezquitas o en las iglesias. Sus enseñanzas fueron escritas en el libro sagrado de los Sikhs, llamado Guru Granth Sahib. Sus enseñanzas eran simples, lo cuál ganó muchos devotos. Después de su muerte en 1539, sus devotos se llamaron Sikhs, palabra que significa discípulo.

Después de Nanak, hubo nueve gurus más. El décimo Guru, Guru Govind Singh comenzó la ceremonia del bautismo en el año 1699. El primer Sikh que fue bautizado se llamaba Panj Pyare, que significa los cinco queridos. Antes de su muerte en 1708, Guru Gobind Singh ordenó que no habría más Gurus, y que el libro sagrado sería la última autoridad espiritual de los Sikhs. Guru Granth Sahib, el libro sagrado de los Sikhs, fue escrito por el quinto Guru, Guru Arjan Dev. Es la única escritura en el mundo que fue compilada por los fundadores de la fe durante sus vidas. Guru Arjan Dev también construyó el Golden Temple (el Templo Dorado), o Darbar Sahib, en la

ciudad de Amritsar, casa central temporaria de la religión Sikh.

Durante el siglo XVIII, el emperador Mughal Aurangzeb enjuició a la gente de distinta religión. El Islam se impuso sobre la gente hindú. Los gurus Sikhs ayudaron a la gente para revelarse en contra de las atrocidades de la dictadura Mughal. El Guru Teg Bahadur era uno de los Sikhs que le ayudaron. Era el hijo menor del sexto Guru, Guru Hargobind, y llegó a ser el noveno Guru de los Sikhs. Estaba en su viaje de misionero por Bengal, al este de India, cuando escuchó que Aurangzeb había dado órdenes de convertir por la fuerza los Brahmins al Islam. Aurangzeb puso a quinientos Brahmins en la cárcel con la esperanza de que sus ruegos fuesen una señal para todos

Un hombre de la realeza Sikh, con la insignia de la religión en su turbante (página opuesta, arriba); peregrinos haciendo el kar seva en la cocina comunitaria, langar (página opuesta, abajo); el Golden Temple (Templo Dorado) brillando el una piscina de néctar, Amrit Sarovar, la cuál fué construida por el cuarto Sikh, Guru Ram Dass, durante el siglo XVI (abajo); peregrinos esperando para el langar en Darbar Sahib (arriba)

los hindúes. Pandit Ram Kriparam de Kashmir se reunió con Guru Teg Bahadur en Anandpur para pedir su protección. El ruego de los Brahmins conmovió al Guru, quién tomó poder sobre el emperador tirano. Pero Guru Teg Bahadur fue encarcelado en Agra en 1675. De ahí, fue llevado a la corte Mugal en Delhi. Aurangzeb trató de convencer al Guru de que las idolatratrias de los hindúes serían eliminadas. El Guru también estaba en contra de la adoración de ídolos religiosos, pero aborrecía la idea de forzar a la gente a convertirse, y le dijo al emperador que esto era inhumano y barbárico, y estaba en contra de las enseñanzas de sus Gurus.

Aurangzeb estaba indignado por la revuelta. Torturó a los devotos de los Gurus e hizo decapitar al Guru en Chandni Chowk. Una gran multitud se reunió para presenciar el martirio de su Guru – el Gurudwara Sis Ganj marca este lugar. El árbol donde los Musulmanes mataron al Guru está todavía dentro del templo Sikh. Luego, el cuerpo del Guru fue llevado al

adoran al libro sagrado. No creen en el sistema de castas, pero ofrecen asistencia comunitaria en la forma de kar seva, es decir, hacen funcionar una cocina abierta al público, llamada langar, dónde cualquier persona, sin distinguir entre las distintas castas, puede obtener comida.

lugar dónde está el Gurudwara Rakab Ganj, y allí fue cremado.

Los Sikhs se distinguen fácilmente de acuerdo a los distintos colores del turbante. Los turbantes tienen alrededor de seis metros de largo, y tienen que ser atados cada vez que se utilizan. Los Sikhs creen en las cinco K, y siempre tienen en sus cuerpos "kesh" (pelo largo que nunca cortan), "kanga" (peine para mantener el pelo largo peinado), "kachcha" (ropa interior) para estar listos ante cualquier problema, "kara" (brazalete de acero) el cuál simboliza una fe irrompible, y "kripan" (cuchillo) para pelear contra la opresión. Los templos se llaman Gurudwaras, que significa la puerta al Guru. No se reza a las imágenes, pero en cambio

Los Sikhs forman solamente el dos por ciento de la población de India. Están principalmente concentrados en la zona de Punjab. Conocidos por sus habilidades agrícolas, han dejado su marca en todas las profesiones – desde agricultura y modistos hasta técnicos y conductores. Son aceptados en India como gente trabajadora y alegre. Es más, los Sikhs son unas de las personas más maravillosas que uno puede conocer en India ◆

El oro ofrecido por un devoto es utilizado para cubrir la cúspide del Golden Temple (*arriba*); los peregrinos descansando a orillas de la piscina de néctar (*arriba*); Gutka, el libro de oraciones con el rosario sagrado, es utilizado para rezar en las casas (*abajo*) mientras que Granth Sahib, el libro sagrado, se mantiene dentro de los templos Sikh.

LA DINASTIA DEL
DIOS DE LA LUNA

En la provincia de Madhya Pradesh, en el centro de India, existe un pequeño pueblo llamado Khajuraho. A pesar de que tiene una población de no más de cinco mil personas, tiene un aeropuerto, haciendo de éste el único pueblo en India que tiene uno. La razón de esto, por supuesto, es por los magníficos templos con esculturas maravillosas, las cuales fueron construídas más de mil años atrás por los gobernantes de la dinastía Chandela.

El templo Kandharia Mahaved, del siglo XI, se levanta como una montaña sagrada contra el sol (*derecha*); un asistente ayuda a un bailarín (*devdasi*) del templo, el cual se pone campanillas en los tobillos antes de dar un recital para el dios (*abajo, izquierda*)

Mientras que los turistas toman a estas esculturas como formas de pornografía antiguas, al mirar con cuidado a las esculturas uno puede apreciar la filosofía de la gente. Como en los templos, en dónde se celebraban eventos sagrados, los templos de Khajuraho también

representaban la unión de lo masculino y el Shakti. Por esta razón, los templos están decorados con esculturas eróticas.

Los dioses, soldados y animales propicios son los *de rigueur*. Pero son las parejas amorosas, con sus piernas entrelazadas en gran variedad de abrazos íntimos, las que forman la mayoría de estas figuras.

La energía sexual de estas parejas está identificada con las fuerzas de la naturaleza, las cuales aseguran la protección mágica. Es más, las esculturas de Khajuraho significan que la protección mágica necesita de la garantía de una vida exitosa.

Pero, la historia del orígen de los templos es más fascinante que en la teoría previa. Hace unos mil cien años vivía un cura Brahmin en una aldea cerca de la jungla. Tenía una hermosa hija llamada Hemvati. Una tarde, Hemvati fue al lago de la aldea en busca de agua. Como todas las mujeres de la aldea ya se había retirado pues ya tenían el agua para la cena, entonces la niña decidió bañarse en las aguas frías del lago ya que hacía calor y nadie estaba mirándola.

Sin que Hemvati lo supiera, Chandra, el dios de la luna, se enamoró de su belleza y apareció al lado del lago como un apuesto príncipe. Entonces éste la sedujo y pasaron la noche bajo la sombra de las estrellas.

Cuando comenzó a amanecer, el dios de la luna se despidió de la jóven para regresar al cielo. Hemvati estaba apenada

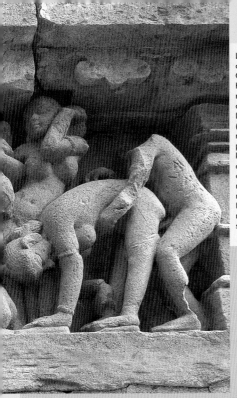

La fina escultura de los templos de Chandela en Khajuraho recrean escenas del Kama Sutra. Las famosas piezas (*izquierda*) muestran varias posiciones del kama (*haciendo el amor*). La llegada de los musulmanes y las rígidas reglas del Islam trajo la muerte de esta sociedad liberal.

de ser ubicado en su lugar, todo sin el uso de un mortar. Estos fueron conectados utilizando el método de acanaladura y encaje, y fue sostenido por broches de hierro. Las esculturas en los templos – de los dioses, bailarines del cielo, parejas en poses amorosas, guerreros, animales y dibujos geométricos – son fantásticas y sensulamente esculpidas. La gran cantidad de esculturas han hecho que se refiera a los templos con el término poetría.

Los templos están construídos en una fundación natural de acuerdo a la arquitectura antigua de India llamada 'Shilpa Shastra.' Todos los templos miran hacia el Este – la dirección del amanecer. El juego de luces y sombras en las esculturas parece que les diera la cualidad de la vida. En su remota tranquilidad, es como si las esculturas habitaran la ciudad de la dinastía Moon (luna) ◆

porque el príncipe se iba, pero Chandra le dijo que un hijo iba a nacer de su unión, el cual crecería y sería uno de los más grandes guerreros de todos los tiempos. Él fundaría la dinastía Chandela, la cuál gobernaría por cientos de años.

Como este había profesado, sus palabras se hicieron realidad. El niño Chandravarman (Aquel que es un regalo del dios de la Luna), creció y se convirtió en alguien muy poderoso y rico. Su dinastía construyó ochenta y cinco templos que celebraban el amor y la pasión. Solamente veintidos de los templos originales han sobrevivido el transcurso del tiempo. De estos, los templos Laxman y Kandariya Mahadev son los que mejor se conservan.

Los templos están construídos de piedra arenisca, obtenida en la ciudad de Pune, a 43 km de distancia. Cada bloque de piedra fue cincelado en el suelo antes

MAHATMA GANDHI

Gandhi como un joven abogado en Inglaterra (*arriba*); Hari Mahal, la residencia de Gandhi en Bombay (*derecha*); una escultura de premio en Nueva Delhi, la cual muestra a Gandhi en su famosa marcha de Dandi, cuando protestó contra la ley de la sal (*página opuesta, abajo*)

Mientras tanto, se involucró con un grupo malo de gente, y hasta robó y fumó en el colegio. Lleno de culpa, confesó lo que hizo a su padre, quién no pudo contener las lágrimas. Este fue un punto importante en la vida de Gandhi, y juró nunca salirse del camino de la verdad.

Mohandas Karamchand Gandhi era un adolescente cuando sus padres le arreglaron su matrimonio con Kasturba. Después de terminar sus estudios, viajó a Inglaterra para estudiar leyes. Cuando completó sus estudios en Inglaterra, regresó a India para practicar abogacía, pero su

Gandhi, o Bapu como era llamado comunmente, es uno de los más grandes hombres de esta centuria. Nació en Porbandar, en Gujarat. Era un niño tímido no bueno en los estudios.

práctica nunca funcionó. Fué a Sudafrica en busca de una carrera exitosa. Allí, un evento cambió el rumbo de su vida para siempre. Un día, mientras viajaba en tren en primera clase, fue burlado y echado de la primera clase por un pasajero blanco. La humillación hizo que éste determinara pelear contra el racismo. Organizó a los trabajadores indios en Sudáfrica, que fueron llevados al país por los Británicos como trabajadores de bajo costo, y tuvieron, encima, que pagar impuestos. Llamó a este levantamiento en contra de los opresores 'satyagraha', el levantamiento por la verdad. Le explicó a sus seguidores que sus protestas deberían ser sin violencia, y de acuerdo al camino de ahimsa, o no-violencia.

En 1915, Gandhi regresó a India, donde su fama lo acompañaba. Una gran multitud lo recibió en las Puertas de India (Gateway of India), en Bombay. Consigo trajo la idea de swaraj, o gobierno propio. También trajo consigo el movimiento de independencia, llevándole desde los clubes elitistas a las masas. Para identificarse con la persona común, se vestía como un campesino en un dhoti hecho a mano. El énfasis de sus ideas se basaba en los derechos de la población y el derecho a la independencia. Este movimiento llegó al corazón de las masas. De esta forma se convirtió en un mesias.

Se levantó en contra del impuesto de la sal impuesto por los Británicos. Este impuesto prevenía que los pobres pudieran hacer su propia sal del mar. Por el impuesto, estaban obligados a comprar la sal de los Británicos a un precio más alto. El 12 de Marzo de 1930, Gandhi marchó en la famosa Marcha de

El Raj Ghat, donde Gandhi fue cremado a orillas del río Jamuna (izquierda); una estampilla postal mostrando a Gandhi y Kasturba, su esposa (abajo); y la columna de piedra que marca el lugar donde Gandhi fue asesinado.

Gandhi, una marcha en contra de la ley de sal. Caminó durante veinticinco días hasta llegar a la costa. Al principio de su viaje, solamente un puñado de personas lo seguían, pero con el tiempo, miles de personas se le unieron. Los satyagrahis fueron bruscamente heridos, pero los maltratos fueron en vano. Los Británicos no supieron como manejar la situación de la protesta sin violencia – los satyagrahis se mantuvieron sumisos hasta cuando eran maltratados. El movimiento de obediencia civil paralizó el trabajo del gobierno Británico. Finalmente, el movimiento llamado 'Deje India' (Quit India) fue lanzado bajo el liderazgo de Mahatma Gandhi.

En 1947, India ganó su independencia, pero otro país nació como una nación separada: Pakistán. En 1971, una parte de Pakistán se liberó como un país independiente – Bangladesh. En el momento de la independencia, y debido a la división basada en la religión, una guerra civil tuvo lugar, dónde más de un millón de personas perdieron su vida. Gandhi falleció debido a esta división. Un fanático robó la vida de Gandhi el 30 de Enero de 1948, apenas cinco meses después de la independencia. Sus restos fueron cremados a orillas del río Jamuna en Delhi. Luego, sus cenizas fueron llevadas a los ríos más importantes de India.

El científico Albert Einstein lo describió muy bien cuando dijo que en los días futuros, las generaciones futuras no podrían creer que una persona como Gandhi haya caminado sobre esta tierra ◆

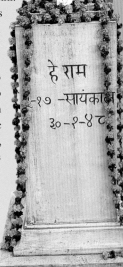

SHATRANJ – EL
JUEGO DE AJEDREZ

El juego de ajedrez tiene un origen interesante. Alrededor del año 1000 ac, vivía un rey llamado Maharaja Ranvir, quién gobernó la antigua ciudad de Magadh a orillas del río Ganga. Al rey le gustaban tanto las batallas que estaba siempre listo para atacar o para regresar a luchar en la guerra. No todos en su reinado disfrutaban de la misma pasión, y sus ministros estaban cansados de sus campañas. Algo había que hacer para sacar al rey de esta obsesión.

Entonces, Anantha, un Brahman famoso por sus cartas astrológicas y los cálculos matemáticos, fue llamado al palacio por el Primer Ministro, quienes le pidieron una solución. Dentro de una semana, Anantha les mandó una nota al Primer Ministro que una cura iba a ser presentada a la corte al día siguiente.

En el durbar, Anantha llegó con un tablero cuadriculado y sesenta y cuatro peones e

Un príncipe Indio concentrado en el juego de Chaupar, una versión antigua del juego de ajedrez. El juego fue tan popular los reinados eran perdidos al precio del peón. Abajo se ve una versión del peón.

introdujo el juego de ajedrez al Mahrajara de Ranvir. Durante esos días, era normal para el rey ir a guerra y llevar consigo su tropa de elefantes, camellos, caballos y soldados a pie. Encabezando las tropas estaba en Primer Ministro. El juego tenía todo el entusiasmo y planificación encontrada en una batalla normal. Esto cautivó a Ravin, y él

cuenta era de que el número seguía multiplicándose, y hacia el final de la primera hilera, se necesitaban 17 millones de granos (y 27 semanas para contarlos).

Si todos los 64 cuadrados eran cubiertos con el conteo doble, le llevaría mucho tiempo contar los 18.446.744.073.709.551.615

estaba listo para otorgarle a Anantha cualquier deseo que quisiese.

Lo que Anantha pidió fue simple: un grano de trigo por cada primer cuadrado en el juego de ajedrez, dos por el segundo, cuantro por el tercero, ochо por el cuatro, dieciséis por el quinto, y así continuamente hasta que los 64 cuadrados fueron llenados. El rey estaba seguro de que Anantha estaba fuera de quicio. Lo que el rey no se había dado

granos de trigo.

Claramente, Anantha no era un matemático. En realidad, a Anantha le fue otorgado el puesto de ministro de finanzas para el reinado, y el rey disfrutó tanto el juego de ajedrez que nunca más fue a la guerra.

En la India antigua, el juego de ajedrez fue referido con varios nombres como chaupar, chaturanga y ashtapadha. Estos juegos de dados fueron mencionados en el

El gran juego de ajedréz en los jardines del Taj Mahal. Las piezas fueron construídas de oro sólido y encrustadas con piedras preciosas para que la realeza haga los movimientos correctos (abajo, izquierda)

de ajedrez moderno. Bajo las reglas indias, el primer movimiento de los peones puede ser solamente de un cuadrado, contrario al movimiento de dos cuadrados como es en el caso del juego moderno. Asimismo en el juego moderno, los reyes se ubican opuestos el uno con el otro, al igual que los vazirs (primeros ministros) o las reinas. Otra diferencia es que en el juego moderno, todas las piezas pueden promoverse de rango y no pueden ser reinas al llegar al octavo cuadrado.

El la primera parte del siglo, un jugador Indio llamado Khan Bahadur, deslumbró a su oponente Británico, pero no tuvo tanta suerte con el juego moderno.

Pero, Vishwanath Anand es el

Mahabharata, donde los hermanos Kaurava engañaron a su primo Pandava a perder el imperio y también a su mujer, Draupadi, en el juego de chaupar. Intoxicado con el poder, los Kauravas trataron de desvestir a Draupadi, pero su honor fue salvado por el dios Krishna. Él se aseguró de que el saree de Draupadi fuera eternamente largo. Finalmente los Kauravas se cansaron. La gran batalla del Mahabharata entre los primos tuvo lugar en su honor.

A pesar de que el juego de ajedrez fue inventado en la India, el país no ha producido ningún campeón por la simple razón de que las reglas de juego en India son diferentes a las del juego

Un juego de ajedréz en las calles de Udaipur. El juego es popular entre los Indios, sin importar el estatuto social.

primer grandmaster internacional de estos tiempos. Es el número dos en el mundo, junto a Gary Kasparov. La popularidad del juego es cada vez más grande, sobre todo gracias a los cientos de torneos que se hacen en el país, los cuales producen grandmasters jóvenes.

Pronto se verá a los jóvenes prodigios dominando los torneos internacionales ◆

BOLLYWOOD- EL HOGAR DE LAS PELÍCULAS MASALA

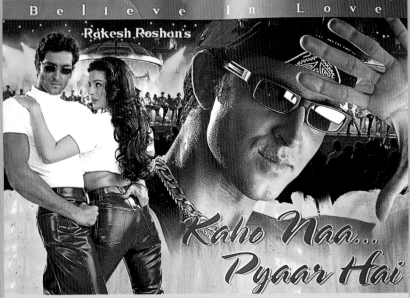

Hollywood no es como Bollywood. Tan prodigiosa es la producción de películas en Hindi situada en Bombay - de aquí el sobrenombre de Bollywood- que al menos dos nuevas películas se extrenan a diario. Solamente en 1999 se produjeron 119 películas en hindi. Y en el año 2000, se esperan aredor de 128 nuevas películas en las carteleras de los cines en todo el país.

Y eso sin contar las películas que se producen en idioma Tamil, en Madras, en idioma Telegu en Hyderabad, en idioma Malayalam en Trivandrum, en idioma Bengali en Cal cuta, en idioma Oriya en Bhubaneshwar, en idiomas Asamés y

Manipuri en Guwahati, en idioma Kannada en Bangalore, además de las películas en idiomas Punjabi, Gujarati, Rajasthani, Haryanvi y Nepalí que utilizan estudios y otras facilidades en ciudades grandes.

Todas juntas suman más de 300 películas anuales de producción en India. El hecho de esperar una cifra superior el próximo año, es testimonio de que la industria cinematográfica en la India está en todo su apogeo.

Sin embargo, la meca de toda esta industria es indudablemente, Bollywood. Son las películas en hindi producidas en Bollywood las que crean la moda,

así como super estrellas, y a pesar de la diversidad lingüística mantienen a todo el público entretenido.

El nuevo milenio comenzó con un gran éxito, la película «Kaho Na Pyar Hai» (Dime que me quieres) que superó un record de espectación y creó una nueva estrella como Hritik Roshan. Este actor se ha ganado el corazón de millones de jovencitas y sus posters se agotan en el mercado. De hecho cualquier cosa que lleve su nombre o su imagen se convierte de inmediato en un «bestseller». La música de la película ha vendido millones de copias, y la película ha subido a los primeros puestos en todas las listas no sólo en el subcontinente indio sino también en el Medio Oriente, en la región del Sureste Asiático, Norte de Africa y Sur de Africa así como en Inglaterra. Se extreno simultáneamente en 129 multicines en Norte

La películas en India son una pasión. La industria del cine ha llevado a esta locuara cinematográfica a constituir un escape de las duras realidades de la vida. Un poster de uno de los éxitos (página opuesta 9; una nueva generación de multicines está emergiendo en las ciudades (arriba); Famosa actriz posando para un anuncio

America con una gran bienvenida de parte de los expatriados. Muchas personas han visto esta película, algunos varias veces más que el Titanic, Phantom Menace y El sexto sentido todas juntas.

De hecho, la película ha sido tal éxito que la mafia distribuidora amenazó al productor por los derechos. El productor rechazó y fue asesinado. Sin embargo en la verdadera tradición de Bollywood, este productor ha sobrevivido.

Y estamos hablando de un solo film. Desde que la producción cinematografica comenzó en 1913, cada año hay muchas películas que tienen gran éxito.

El formato mas popular de las películas en hindi es musical con una historia de amor, y es este género el que más gusta. Generalmente el tema

se basa en encuentros entre chicos y chicas, el chico es rico y la chica es pobre o al revés. Para comprender las películas indias no se necesita entender el idioma o tener un alto nivel de inteligencia, pues los buenos son bien parecidos, los malos son feos y los tipos divertidos actuan como payasos. Las seis emociones principales se pueden encontrar en una misma película. Algunas veces hay incluso tres o cuatro historias paralelas ocurriendo en un mismo film. No importa cuán complicada sea la historia, siempre tiene final feliz. Una película con estas características puede llegar a tener entre 6 y 10 canciones en las que, generalmente, la pareja corretea alrededor de los árboles en un simbólico gesto de cortejo y donde el sexo, las escenas eróticas o el nudismo están completamente prohibidos.

También hay películas violentas, pero la sangre y el morbo están satinizados por la historia de amor. Es en este tipo de películas, generalmente historias de revancha, donde se creó la primera gran estrella de cine indio, Amitabh Bachchan, apodado «Big B».

Hoy día la violencia está pasada de moda y vuelven los temas de amor. Los nuevos actores famosos del negocio cinematográfico es la saga de los Khans - Shah Ruch Khan, Aamir Khan, Salman Khan. Pero jóvenes promesas como Hritik Roshan están alcanzandoles rápido.

Esto no significa que las películas serias no se produzcan en la s India. De hecho el llamado cine paralelo cuenta con premios conseguidos en todo el planeta. El director Satyajit Ray ganó el Oscar por sus logros a lo largo de su vida, y es, sin duda, el mejor productor de películas que India ha tenido, también docenas de directores han ganado premios internacionales a lo largo de los años.

Actores y actrices también han entrado en política, como el estado en el sur de India, Tamilnadu, gobernado por una personalidad cinematografica en los últimos 30 años. Su club de fans con sus millones de miembros ayudan a conseguir votos ◆

HIJRAS
EL TERCER SEXO

Una imagen que siempre ha sorprendido a los visitantes de India son los grupos de hombres vestidos como mujeres y mendigando agresivamente en las calles. Estos "Hijras" - hombres castrados (eunucos) o aquellos con genitales deformados.

Mientras que en cualquier parte del mundo los eunucos solo existen en cuentos, en India forman una comunidad fuerte y activa de cerca de un millón y medio de miembros que viven como parias.

Como no son ni hombres ni mujeres su vida se reduce a su propia comunidad en los que encuentran aceptación. De hecho, este grupo social tiene su propia religión, normas sociales y tradiciones. Los Hijras pertenecen a una secta oculta que se remonta miles de años. En ella las parejas sin descendencia rezaban a la diosa Madre para tener un hijo varón. Este, una vez nacido era ofrecido por los mismos padres al templo para su castración dejandole al servicio del templo.

Los Hijras se denominan y consideran a sí mismos como hembras. Prefieren vestirse con prendas femeninas, llevar joyas y maquillaje. Utilizan nombres femeninos y llevan el pelo largo. Cuando se les pregunta el sexo por razones oficiales, escriben, «mujer», lo que por supuesto no son. Esto se debe a que la Gran Burocracia India

(mirar arriba) no reconoce un tercer género. De este modo, de forma oficial como en la lista electoral, o en la admisión en organizaciones de mujeres y hospitales, en lugar de escribir «Hijra» prefieren escribir «mujer».

Para vivir, los Hijras bailan en festivales y celebraciones - bodas, apertura de algún negocio, nacimiento de un bebé- pues se supone que dan buena suerte. De hecho los padres y abuelos los invitan para bendecir a su nuevo bebé. Este es su rol tradicional desde tiempo inmemorial. De acuerdo a la creencia popular, los Hijras veneran al dios Bahuchara Mata, quien les otorga sus poderes regenerativos para que éstos sean transmitidos a otros. Una de sus bendiciones es «tener muchos, muchos hijos».

Una canción Hijra, «Badhai» (que significa enhorabuena) y se canta en bodas dice así: « la niña de mis ojos a quien he alimentado con mucho amor y ternura, hoy ha crecido, hoy es mi deber, exposarla en matrimonio»

También existe un aspecto negativo - además de bendecir gente, también tienen el poder de maldecir. Según una leyenda, un operario de trenes solía decir palabrotas a una familia de Hijras que vivía cerca de la linea de ferrocarril. Un día, el maestro

Hijra maldijo a este hombre y varios días después el hombre cayó del tren y murió. Sin embargo, las buenas noticias es que incluso después de haber recibido una maldición, ésta puede neutralizarse con un pequeño ritual.

De hecho existe una fábula asociada al Ramayana (pero no en él) que cuenta que un grupo de Hijras que fueron junto con más personas a despedir al dios Rama cuando se marchó de Ayodhya en su exilio de 14 años. Antes de su partida, el dios dijo «Hombres y mujeres, iros a casa» A su vuelta, después de 14 años, se encontró con los Hijras esperandole pues él no les dijo que se fuesen a casa. Conmovido por su lealtad, el dios Rama les dió el poder de bendecir y de maldecir.

A lo largo de la historia, los reyes Hindúes se servían de hermafroditas, así como los gobernantes musulmanes empleaban hombres castrados. Durante el reinado musulman en la India, los Hijras jugaron un papel importante en la sociedad. Eran conocidos como Kwaja Sara y se dividían en dos comunidades: los Wazirwalla y los Badshawalla. Los primeros servían a la nobleza mientras los segundos tenían el privilegio de trabajar en la casa real. Por su sexo neutral, eran empleados como guardias en los harenes y tenían acceso a los apartamentos privados y los palacios.

Eran los guardianes perfectos pues sexualmente no eran un peligro para las mujeres, y además controlaban todas las entradas en el harén. Como a ningún extraño se le permitía entrar, si una mujer de la zenana (las habitaciones de las mujeres) tenía relaciones con algún amante, y éste tuviera la desgracia de ser descubierto, el amante tenía su vida en manos de los Hijras. Su deber incluía también llevar y guardar documentos reales. Esta posición les proporcionaba gran poder y riqueza. Muchos de ellos ocuparon puestos muy

Cuidador Hijra en el fuerte de Agra (*página de portada*); tres eunucos en la calle cerca de un templo (*página opuesta*); eunucos bendiciendo a la recientemente casada Jackie después de su luna de miel (*abajo*); algunas veces los eunucos piden exhorbitantes cantidades de dinero por sus bendiciones.

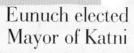

Eunuch elected Mayor of Katni

PROBABLY FOR the first time in the country, Kamala Jaan, a eunuch, has been elected Mayor of a Municipal Corporation. Contesting as an independant, Kamala Jaan defeated candidates of Congress, BJP and Janata Dal (U) to emerge the winner in the civic body's election in Katni. The post was, incidentally, reserved for woman. Kamala polled 23,215 votes against 21,418 polled by Alka Jain (BJP) and 12,943 by Aradhana Jain (Congress), officials said here. **PTI, Katni**

elevados en la casa real.

Los Hijras eran muy leales a sus maestros. Cuando un rey era desterrado, lo que era bastante frecuente, a menudo le acomapañaban en su exilio e incluso hasta la muerte. Como eran bien parecidos, a menudo eran causa de

celos entre los príncipes que eran bixesuales.

Viendo la posición privilegiada en la sociedad, muchos padres castraban a sus hijos para poder conseguir empleo en la casa real. El Emperador Jehangir intentó acabar con esta brutal práctica. Sin embargo, esta costumbre fue practicada durante mucho tiempo.

En el último siglo, varios hogares de la clase alta de la India han tenido eunucos por sirvientes. Pero con la caida de los estados principescos, los eunucos se encontraron sin estatus social y sin empleo. Con el patronage real en decadencia, los Hijras se replegaron en ghetos en los barrios antiguos de las ciudades.

Por otro lado, según algunos de ellos, la planificación familiar en el país les ha perjudicado mucho. Y desde entonces, con un estado social de parias, es dificil encontrar trabajo y ahora se limitan a mendigar por las calles para poder vivir. Los tiempos difíciles han llevado a muchos Hijras a practicar la prostitución.

Los Hijras pertenecen a todas las religiones pero están unidos en su devoción a Bahuchara Maa. La mayoría de los grupos Hijras tienen su propia capilla en su casa con una o más estatuillas.

El templo principal de la diosa está en la localidad de Bechraji, una pequeña ciudad al norte de Ahmedabad en Gujarat, y los sacerdotes son Bramanes varones. La diosa generalmente monta en un gallo por el cual siempre hay varios de ellos merodeando por el templo. Los devotos prometen poner en libertad a uno de ellos si se cumplen sus peticiones. El eunuco mayor, mantenido por el templo, pasa sus días en los alrededores. La estatua de la diosa es de plata. Ella cambia su vehículo a diario según la manifestación- puede ir motada de un león, un pavo real, un cisne, un tigre, un toro o un elefante.

El templo fue construido hace 700 años cerca del palacio del Maharaja Manekji Gaekwad. Según la leyenda, el rey iba un dia de caza y se encontró con un rio de largo cabello. El rey anduvo por la rivera hasta encontrar que el cabello pertenecía a la diosa Bahuchara Maa. Ella estaba columpiandose. El rey se enamoró de ella, y le dijo: «eres muy hermosa, ¿quieres casarte conmigo?».

Ella le contestó: «Si, pero no hoy, ven el martes con joyas y comida, y me casaré contigo».

El rey volvió en el día indicado con sus invitados e incluso con su perro. Ella le ordenó «sumérgete en el agua y refrescate primero». Según se bañaba en el estanque - que todavía existe- ella le dijo «ahora mirate a tí mismo».

El rey quedó perplejo, su pene había desaparecido.

«¿Como ha ocurrido esto? preguntó el rey confundido. Ella le dijo «nadie puede casarse conmigo porque yo soy tu madre y tu eres mi hijo. Después de tí habrá otros como tú. Tú cuidaras de ellos; Yo te daré el poder de ofrecer fertilidad a otros».

El rey entonces preguntó «¿Pero los hombres morirán si tú les cortas sus genitales?»

Ella dijo «mira a tu perro» y ordenó entrar en el agua primero a su perro y después a su caballo. Ellos también perdieron sus órganos. El perro aullaba de dolor.

«Toma un poco de aceite y agua calientes y ponlos en la herida» ordenó la diosa. El perro se tranquilizó y sobrevivió. «Este método es para todos, tú no morirás». Este método ritual de castración conocido como «nirvana» se practica incluso hoy día.

Desde entonces, los hombres cantan en este templo « ¿Porqué no haces de nosotros, los Hijra, como hicistes al rey?

La mayoría de los Hijras, han reemplado a sus familias naturales por familias Hijra. Estas «familias» son grupos bien organizados de creyentes que se ayudan y protegen unos a otros. Cada unidad consta de entre siete y quince miembros que son guiados por un maestro. Entre ellos se llaman «hermana», «hija», «tía» o «suegra».

Cada maestro, a su vez, pertenece a un «guru» o maestro de mayor edad denominado «nayak» y los grupos de nayaks deciden el territorio en donde los Hijras pueden trabajar. El maestro se ocupa de administrar el dinero y toma parte de las ganancias. Muchos viven solos y también hay algunos que tienen maridos hombres y trabajan para ellos como amas de casa.

En este mundo cambiante, no pasará mucho tiempo antes de que esta tradición de los Hijras se convierta en un pliegue de la historia. Con una economia global que fomenta las familias pequeñas, las tradiciones inmemoriales no son practicas ◆

Eunuch elected to MP assembly

The Times of India News Service

BHOPAL: Voters in the Sohagpur assembly constituency in Shehdol district in Madhya Pradesh created history of sorts on Friday by electing Shabnam Mausi, a eunuch, as their MLA in the bypolls held on February 17.

Contesting as an independent, Shabnam Mausi defeated her closest rival, Lallu Singh of the BJP, by 17,863 votes. Shabnam got 39,937 of the 1,02,382 votes polled. There were nine candidates in the fray. Congress nominee Brijesh Singh, son of former Gujarat governor Krishnapal Singh, came a poor third.

Shabnam Mausi (40) was born in Mumbai to a Brahmin family. Father Gokul Prasad Sharma is a retired deputy inspector-general of police and said to be living in Kanpur. Shabnam, who left home at the age of 11, has been living for the past 20 years in Anuppur in Shehdol and makes a living by singing and dancing. Shabnam speaks 11 languages, including English, Hindi, Marathi, Gujarati, Punjabi, Kannada, Telegu and Tamil. Checking unemployment and rising prices top her agenda as MLA.

MANIKARNIKA - EL GHAT[1] DE CREMACIÓN

Los hijos de la familia vestidos con un simple dhoti colocan el cuerpo de su pariente sobre la Pira funeraria de madera. El la tarea del hijo mayor encender el fuego.

De acuerdo a la leyenda hindú, el Señor Shiva hizo una penitencia bastante exigente en los bancos del río Ganges en su cuidad favorita, Varanasi. Sus objetivos se basaban en subir el ánimo ante todas las situaciones apremiantes de todos los seres de este mundo que estaban atrapados en el Samsara o el ciclo de nacimiento y re-nacimiento. Su meditación o tapasya era tan poderosa que el lugar donde la hacía se volvía cóncavo. El Señor Vishnu estaba muy complacido con la devoción del Señor Shiva y su compasión por todos los seres vivientes. Un día él apareció en persona en el lugar donde el Señor Shiva meditaba con el fin de bendecirlo. Se dice que el Señor Shiva le pidió que le otorgara salvación a todos los seres humanos que pisaran el suelo de la ciudad sagrada de Varanasi durante su tiempo de vida. El Señor Vishnu estuvo contento con la

empatía y le concedió esta bendición. En seguida el Señor Shiva pensó en pedir al Señor Vishnu que también liberara a aquéllos que venían a la cuidad como cuerpos del ciclo de nacimiento y renacimiento y les concediera el moksha[1]. Como un gesto afectuoso el Señor Vishnu tomo la cara del Señor Shiva en sus manos y la sacudió. El pendiente que colgaba de la oreja del Señor Shiva se cayó al suelo. Este punto donde su pendiente cayó fue nombrado Manikarnika (mani=joya +karnika=de la oreja) y el lugar donde el Señor Shiva hizo su penitencia es el pequeño estanque de agua que se encuentra detrás de él.

El Ghat de Manikarnika también es conocido como el Ghat de cremación. Desde tiempos inmemoriales los cuerpos de los muertos han sido traídos para ser cremados en este lugar sagrado. Esta tradición es tan vieja como la misma ciudad, y Varanasi, como bien se dice, es la cuidad más antigua del mundo…aún más antigua que las propias leyendas. Como el Ghat de Manikarnika ha sido santificado por el Señor Vishnu, los actos de cremación aquí tienen un significado especial pues asegura al alma que se va la liberación del ciclo de nacimiento y renacimiento para el ella.

Cada día, cerca de 150 cremaciones tienen lugar en este maha shamshan o gran crematorio a distintas horas del día. Pero el suelo de cremación se llena mucho más de gente en las tardes pues los habitantes de los lugares o pueblos cercanos empiezan a llegar con cuerpos muertos.

Manikarnika o el ghat de cremación recibe cuerpos a todas horas del día. Es impresionante ver cómo en las noches la gran llamarada de color naranja consume los cuerpos humanos. (abajo) Un Dom o cuidandero de la pira funeraria cambia los leños con el polo para asegurar que ninguna de las partes del cuerpo se quede sin quemar.

El cuerpo del difunto es lavado y limpiado antes de ser envuelto en el sudario y atado a una escalera pequeña hecha de bambú. Las personas que lo cargan son los miembros de la familia, quienes llevan al difunto sobre sus hombros recitando: "Ram Nam Satya Hai" o "El nombre del Señor Ram es la verdad real" durante toda la trayectoria hasta el suelo de cremación.

En el camino hacia el Ghat de cremación la policía registra los detalles del difunto y mas tarde expide el certificado de defunción. Al llegar al lugar de la cremación la familia entrega el cuerpo a los 'Doms' o cuidanderos. Los 'Doms' pertenecen a la más baja de las castas bajas de sistema de castas hindú y tradicionalmente trabajan en los terrenos de cremación. Los 'Doms' guían a la familia en la cantidad de madera que es necesaria para la ceremonia de cremación (cerca de 300 kilos). Los únicos materiales inflamables usados en la cremación son el alcanfor y la mantequilla derretida o clarificada.

El cuerpo es en primer lugar sumergido en el Río Ganges para su

purificación y luego es puesto sobre los empinados escalones del Ghat. El hijo mayor de la persona fallecida lleva a cabo los ritos tradicionales de la auto-purificación. Su cabeza es rasurada y debe llevar alrededor de todo su cuerpo una tela de color blanco. Mientras tanto, la los miembros de la familia compran los objetos religiosos necesarios para la realización de los últimos ritos. Los 'Doms' construyen la pira crematoria de acuerdo al tamaño del cuerpo.

El hijo mayor (o en su ausencia el miembro masculino mayor de la familia) camina alrededor de la pira cinco veces y dirección contraria al reloj, lo que simboliza el retorno del cuerpo a los cinco elementos de la naturaleza. Después, él debe comprar el fuego sagrado al 'Raja Dom', o el rey de los Doms y posteriormente enciende la pira con hierbas en llamas. El Raja Dom es la única persona que custodia el eterno fuego sagrado que se usa en la cremación. El precio del fuego no es fijo y se cobra dependiendo del estatus económico de la persona.

El ritual completo es llevado a cabo en total silencio porque se cree que el expresar dolor o pena puede perturbar la trasmigración del alma. Por esta razón las mujeres del pueblo no están presentes en el acto de cremación.

Los miembros de la familia esperan hasta que el cuerpo esté totalmente vuelto

cenizas, lo que toma aproximadamente tres horas. La explosión de la calavera simboliza la liberación del alma. Más tarde, todos los hombres que cargaron el cuerpo toman baño en el río Ganges antes de regresar a sus casas.

Después de que el cuerpo ha sido completamente quemado los 'Doms' recolectan las cenizas todavía humeantes y las echan al río para dar espacio a otros cuerpos que llegan. Las cenizas de los Hindus que no son quemados en los bancos del río Ganges son recogidas al día siguiente de la cremación y los miembros masculinos de la familia las llevan para ser sumergidas al río.

Los niños menores de diez años no son cremados puesto que son todavía considerados inmaduros. En su lugar son sumergidos en el río con una piedra atada a su cuerpo. Los Sadhus[22] y los yogis[3] tampoco son cremados. Se les da el Jal Samadhi o son sepultados en el agua pues

se considera que han sobrepasado el nivel humano de existencia. Los hombres con lepra tampoco son cremados para no enfadar al dios fuego, lo que repercutiría en que más y más personas contrajeran la misma enfermedad. La gente que muere por mordeduras de culebras tampoco son cremadas. Sus cuerpos son atados a una balsa hecha con tallos de la planta de banano y puestos a flotar en el río Ganges. Esto pues las culebras están asociadas con el Señor Shiva y sus mordeduras son consideradas auspiciosas y por tanto no se necesita ser cremado. Las mujeres embarazadas tampoco son cremadas, en tanto que los bebés en sus vientres no están bien formados todavía.

Trece días después de la cremación, las familias invitan a los Brahmines[4] a participar de las comidas y los ritos que marcan la finalización de la trasmigración del alma de la tierra al cielo. ◆

GANGA: LA DIOSA RÍO CELESTIAL

La Diosa Ganga era la hija del gran Himalayan y Mena. Su abuelo materno era el mitológico Monte Meru. Desde su infancia, Ganga solía ser una chica traviesa y pícara y con frecuencia se escapaba de su casa tomando la forma de un río. Pero el gran Himalayam la amaba y toleraba todas sus travesuras. Un día, cuando los Devtas (dioses) bajaban del cielo para recorrer las montañas vieron a Ganga jugando. Ellos quedaron impresionados al ver su alma juguetona y energía juvenil. Así fueron a ver a su padre y a convencerlo de enviar a su

Al amanecer miles de creyentes decienden a los ghats de Varanasi para purificarse en las aguas del sagrado río Ganges. Un asceta hindú vestido con las mantas de rudrakshas y sosteniendo un tridente,

hija al cielo con ellos. Hymalayan estuvo complacido de que los Devtas pensaran que ella era merecedora de ir a Swarglok o cielo, e inmediatamente dio su aprobación.

A la hora dispuesta, Ganga tomó forma de una hermosa doncella y subió al cielo. Los Devtas estaban inspirados por su presencia y así su popularidad empezó a crecer rápidamente. Pero los demonios no pudieron soportar el aumento de la popularidad de los Devtas y decidieron atacarlos. El Señor Indira, rey de los Devtas

(izquierda); un Bhramin lleva a cabo el aarti de la noche en los bancos del río Ganges. (derecha) Una vista panorámica de los ghats llenos de vida de Varanasi. Un crucero en bote es la mejor manera de embeberse en su belleza.

peleó valiente y furiosamente contra los demonios hasta derrotarlos ferozmente y enviarlos hasta el fondo del océano.

Allí, los demonios se reagruparon y planearon atacar blancos más dóciles antes que tomar a los dioses. Sin embargo, como la energía de los Devtas provenía del buen trabajo y buen proceder en la tierra, los demonios podían arrastrarse desde el fondo del océano en la noche y matar a todas las personas religiosas que veneraban a los Devtas. Así, hubo una anarquía total. Los dioses se volvieron débiles y lánguidos. Ni siquiera Ganga pudo hacer mucho para levantar su moral.

Entonces una delegación de Devtas fue a ver a Bhrama, el Señor de la Creación, para informarle sobre la situación. Vishnu sugirió que se usara la experiencia del sabio Agatsaya puesto que el era el único dios con el poder de secar el océano.

El sabio Agatsaya estuvo tan feliz de poder ayudar a los Devas que fue al fondo fue al océano lo bebió completamente. Tan pronto como los demonios se encontraron expuestos los Devtas los eliminaron aunque algunos pudieron escapar escondiéndose bajo el suelo del océano.

Agatsaya les respondió que para él era

ahora imposible hacerlo pues ya había digerido el agua.

Esta fue una calamidad para la cual los Devtas no estaban preparados. Una vez más su delegación fue a tocar las puertas del Señor Bhrama y explicó claramente el problema que se vislumbraba frente a la humanidad. Él predijo entonces que "los océanos se llenarían otra vez cuando Sagra, el rey de Ayodhya tuviera hijos". Mientras todo este drama sucedía en el cielo, en la tierra, el sabio Bhrigu se complacía con la penitencia impuesta al rey Sagra y sus dos esposas. El sabio profetizaba que una de sus esposas daría a luz a un hijo mientras

que la segunda esposa daría a luz a 60.000 hijos. La profecía del sabio se hizo realidad y la reina mayor dio a luz a un hijo mientras que la menor tuvo sesenta mil niños pequeños al cortar y abrir la fruta la calabaza.

El hijo del rey Sagras resultó ser incapaz de ejercer un buen gobierno, así que el trono le fue sucedido su nieto. Cada uno de los hijos del grupo de sesenta mil de la segunda esposa resultaron ser arrogantes. Cuando el padre perdió su caballo de sacrificio les pidió que fueran a buscarlo. En su búsqueda ellos llegaron a la ermita del sabio Kapilas donde encontraron al caballo revolcándose por los campos. En su arrogancia no pensaron

nada al perturbar al sabio en su meditación y con insultos tras heridas lo llamaron ladrón.

Finalmente, fue el tátara nieto de Sagar, Bhagirath, quien vino en su rescate. Bhagirath decidió abandonar los lujos y todo el reino para dedicarse a rezar por años con sus brazos levantados hacia el Ganges para poder bajar desde el cielo y fluir sobre las cenizas de sus tíos y parientes. Su penitencia de cinco fuegos y meditación complació a los dioses, quienes vinieron a bendecirle. Bagirath le pidió a la diosa Ganga que viniese a la tierra. Bhrama aceptó pero el problema era que si Ganges descendía directamente a la tierra el mundo se separaría en dos partes con la fuerza de la caída. Así, se le pidió al Señor Shiva que amortiguara la caída de Ganges recibiéndola en su suave cabello enmarañado. Todos los Devtas del cielo vinieron a ver el espectáculo del río celestial descendiendo al cielo y fluyendo sobre las cenizas de sesenta mil hijos de Sagra para liberarlos. Maa Ganga, o Madre Ganges como los Hindúes la llaman, lava los pecados de todos los seres con sus aguas puras. ◆

EL PICANTE DE LA VIDA

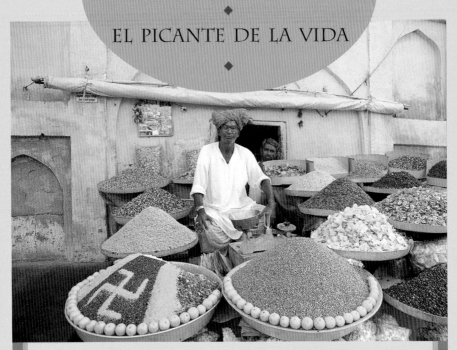

La India es un lugar de extremos donde los ricos son muy ricos y los pobres son muy pobres. Así también es nuestro sentido del olfato, impregnado de ricos y maravillosos aromas o de olores nauseabundos en una forma positiva! De esta misma forma los sabores de nuestras comidas están también muy marcados. Lo dulce resulta muy dulce y lo picante muy picante.

La comida en india es muy variada así como las lenguas y los paisajes en todo el territorio. Cada región geográfica se destaca por su variedad de delicadeces y, adicionalmente a esto, cada casta, grupo lingüístico o religioso tiene sus propias reglas y dietas alimenticias, que se siguen al pie de la letra de generación en generación.

En algunas castas y grupos religiosos, por ejemplo, es aceptable comer carne así como en otros el huevo es el único

alimento no vegetariano que se permite. Además, existen grados de distinción entre los vegetarianos; algunos grupos religiosos prohiben el uso de la cebolla y el ajo en la preparación de sus alimentos,

mientras que en algunas áreas de la costa el pescado es considerado dentro de la dieta vegetariana. La carne de res se consume sólo en áreas sonde hay una gran concentración de musulmanes y cristianos. Los Hindus no comen este tipo de carne según los preceptos de su religión.

Las especias están en el corazón de toda la cocina India y gracias a ellas los Europeos se han sentido atraídos hacia el territorio Indio desde la Edad Media, sin nombrar todo la riqueza que acumularon con la importación y venta de las mismas. El uso de especias para la conservación de sus carnes debido a la falta de refrigeración en Europa fue muy importante en su diario vivir.

Los hábitos alimenticios en india están en gran medida inclinados hacia una dieta vegetariana de gran variedad. La dosa, el idli y el zambra son los platos típicos regionales del sur de India. En el norte, dal, roti y la cocina tandoori conforman los platos más populares. El pescado al curry y el arroz son los alimentos básicos de las dietas del este. Todo esto se come con gran placer y entre más caliente sea la región en el país más picante es el curry. Contrario al mundo occidental, donde la comida se prepara utilizando mixturas pre cocidas o salsas preparadas cada vez que se cocina un plato, todas las especias son adicionadas frescas a la comida y preparadas

(Página opuesta); una gran variedad de lentejas picantes, maní y papas fritas o mamkins son colocadas de forma llamativa para los visitantes del Fuerte de Amer en Jaipur. (derecha) Mirchi Vada o la dinamita picante son desayunos frecuentes o pasabocas en Rajasthan. (inferior central) Una variedad de pakoras o vegetales tempura están disponibles en cualquier esquina de las calles de India. (inferior derecha) Un café sobre la calle o chaiwalla, ofrece té dulce con leche y especias que ayuda a atenuar el picante de los alimentos que lo acompañan.

apropiadamente para cada plato usando diferentes especias para cada uno.

Generalmente los indios comen en platos de acero inoxidable llamados Tahalí. Este tiene numerosas particiones para cada una de las variedades del curry, dals (lentejas), subzi (vegetales) y rita

(yogurt con cebollas o pepino). El Roti (pan sin levadura) y el arroz se ponen en la mitad del tahalí junto con el achar (encurtido). Durante los festivales el numero de platos diferentes puede llegar a ser de 7 a 10 mientras que en un día normal el plato de comida consiste de 2 o 3 variedades de vegetales, lentejas y yogurt. No hay segundo plato y todo es servido al mismo tiempo. Los indios realmente disfrutan la variedad de sabores de cada una de sus comidas. No usan ningún tipo de cubiertos y todos comen con sus manos, aunque en algunos lugares o casas modernas uno puede encontrar un extenso uso de ellos en la mesa.

Si hay alguna ensalada, ésta lleva generalmente cebollas, tomates y pepinos a los que se les adiciona limón, sal, pimienta y chiles. No se acostumbra a beber alcohol con la comida pero se consume normalmente antes que la comida sea servida en una fiesta y porque no es parte de la cultura india mezclarlo con los alimentos. Tan pronto como se acaba la comida la gente generalmente se despide. Después de la cena son raros el café y l as discusiones.

Las calles de india son famosas por sus auténticos puestos de comidas a cada lado. Se pueden disfrutar una gran variedad de pasabocas o comidas rápidas.

Los chiles rojos se secan en la granja después de la cosecha. Después de secarse, éstos se venderán para ser molidos en polvo y poder ponerle al curry. (abajo) un pastel halwai frito y picante llamado katchori.

Aún los restaurantes tratan de imitar los humildes puestos de comidas de las esquinas pero nada se compara con las versiones originales. Alhunas de estas delicias son: Matka Chana (garbanzos cocidos servidos en una amalgama de especias); Kulche Chole (garbanzos en una salsa oscura servidos con pan suave y esponjoso); Batata Wada (tempura papas cocidas y picantes servidas en una tortilla de pan); Pani Puri (hojaldre del tamaño de una

petola de golf servido con salsa de menta picante y con rellenos de especias con papas y garbanzos); Bhel Puri (arroz inflado servido con salsa agridulce junto con papas cocidas, cebollas, tomates y espolvoreado con galletas saladas). Esta es la comida más famosa de las calles de india. Algunos restaurantes han intentado copiar el concepto y los sabores pero no pueden mantener el gusto y el ambiente característico de los carritos de las esquinas.

Pero lo más apetecido de la comida callejera en India es Mirchi Vada (tempura al chilly) que se prepara en los comederos callejeros de Jaipur, Jodhpur y Udaipur en Rajastan. La preparaci+on es relativamente simple: se toma un chile verde y se corta en la mitad, se abre y se rellena con especias y papas picantes. Después, se pone una masa gruesa hecha con la harina del garbanzo y se fríe en

aceite de mostaza. Una vez la masa tome un color dorado, se saca el Mirchi Vada y se sirve con salsa agridulce.

Un Mirchi Vada bien preparado es simplemente extraordinario. Un pequeño mordisco envía un llamado de alerta a todas las papilas gustativas y virtualmente llamas de fuego saltan y rebotan en la boca! Finalmente el Mirchi Vada se culmina con un buen té masala (con especias) que apacigua en fuego en la boca.

(superior izquierda); Un acercamiento a los katchories y al dal ki pakori en el sartén. (superior central) La variedad de especias que se usan en la cocina India. (superior derecha arriba) Samosa (una pirámide de papas picantes con hierbas envueltas en una masa delgada y fritas) que se venden en varias tiendas halwai.

La comida callejera es segura si se come en lugares limpios y si se come caliente. Delhi belly (paza de delhi) el eufemismo para referirse al estómago un poco afectado cuando la comida sienta mal, se puede evitar si se comen cosas frescas o recién preparadas en entornos limpios. Para estar seguros de que nada va a pasar cuando se ha comido en la calle, la mañana siguiente se recomienda tomar un vaso de Lasso (yogurt con una pizca de sal y pimienta). A propósito, en muchos hogares indios, especialmente en el sur donde la comida tiende a se más picante, este yogurt es lo último en el menú. ◆

GLOSARIO

A

Abul Faizal – el consejero más cercano a Akbar

Achkan – Una chaqueta larga con cuello Mao

Adinath – El primero de los 24 profetas de la religión Jain

Adi Shankracharya – Uno de los santos más adorados de India. Es responsable de haber hecho renacer el Hinduismo en el siglo VIII. También estableció cuatro maths en las cuatros direcciones cardinales de India

Agra – Ciudad del Taj Mahal, que era la capital del emperio Mugol desde el siglo XVI hasta el siglo XVII.

Ahimsa – anti-violencia

Ajana Chakra – El último de los seis centros de energía, ubicado en la cabeza.

Akbar – El tercer y gran gobernador de la dinastía Mugal, quién construyó el Fuerte de Agra y Fatehpur Sikri

Akhara – Un gimansio indio o un lugar dónde los sadhus viven

Amer – La vieja capital de la ciudad de Jaipur

Amir – Noble

Amrit – Néctar

Anarkali – una muchacha bailarina que tuvo un romance con el príncipe Salim y que produjo problemas en el trono Mugal

Andhaka – Un demonio

Arjun – El más valiente de los cinco Pandavas

Aryan – La raza del norte de India

Asana – Varias posiciones de yoga

Ashoka Pillar – Un monolito con columnas pulidas de granito, las cuales tienen textos Budistas entallados. Fue erigido por el emperador Ashoka en el año 327 antes de Cristo, y es ahora un monolito simbólico.

Ashtpad – ocho movimientos

Atman – el alma eterna

Ayodhya – El reino del dios Rama, un héroe épico del Ramayana

B

Babur – Fundador de la dinastía Mugal en India

Bali – un demonio

Bahrupia – un hombre de muchos aspectos

Bapu – padre, Mahatma Gandhi era usualmente llamado por este nombre

Bhagirath – un santo que sus rezos resultaron en que la diosa Ganges descendiera del cielo y forme un río sagrado

Bhikshu – Un monje hindú o budista

Bhim – El más fuerte de los cinco hermanos Pandava

Bhishti – el proveedor tradicional del agua, que utiliza la piel de las ovejas para distribuir agua

Bhramin – la primera casta dentro de la sociedad hindú perteneciente a los sacerdotes.

Bindi – decoración en la frente de las mujeres Indias

Birbal – Uno de los más famosos ministros hindués de Akbar

Bodhi – el árbol del conocimiento donde Gautam alcanzó la iluminación

Bodhgaya – lugar donde Gautama alcanzó la iluminación

Bodhisattva – el futuro Buddha

Brahma – El primer dios de la trinidad hindú, el creador

Brahmacharya – el período de vida cuando un estudiante se abstiene de relaciones sexuales y substancias tóxicas

Buddha – El iluminado, término utilizado para Gautama o Sakyamuni

C

Chakra – centros de energía a lo largo de la columna

Chamar – Casta baja de los trabajadores que sacan la piel a los animales

Chamundi – diosa en figura destructiva

Chandela – dinastía del dios luna que construyó el famoso templo en Khajuraho Page 141

Chandra – el dios luna

Chandravarman – el hijo del dios luna

Charbag – el jardín típico Mugol, que está dividido en cuatro canales de agua

Chaturanga – los cuatro lados del antiguo juego indio de dados. Actualmente llamado ajedrez

D

Dalit – casta baja

Devdasi – un bailarín del templo

Dhanavantri – El arte antiguo de vivir y curar

Dharma – religión y conducta social de los Hindúes, los jainistas y los budistas

Dhritrashtra – el padre de los Kauravas

Dhyan – concentración, meditación

Dhobi – el hombre que limpia la ropa

Digambar – los monjes Jaines que viven sin ropa

Din-i-Ilahi – el experimento de Akbar que trataba a todas las religiones como iguales

Diwali – el festival hindú más importante, marca el regreso de Rama a Ayodhya después de sus 14 años en exilio

Diwan-i-Am – el auditorio para audiencias públicas

Diwan-i-Khas – el auditorio para audiencias privadas

Doli – carruaje que lleva a la novia después del matrimonio a la casa del esposo. Actualmente es reemplazado por los coches

Draupadi – Esposa de los cinco hermanos Pandava

Dravadian – Raza original de India, ahora concentrada en el sur

Durbar – Corte

Duryodhan – Sobrino celoso de los hermanos Pandava

E

Ek Danta – Un diente, nombre utilizado por el dios Ganesha

Eunucos – El tercer sexo, hombres castrados o aquellos que nacieron con los genitales deformados

F

Fatehpur Sikri – ciudad abandonada, que fue construida en el siglo XVI por el tercer emperador Mugol, Akbar

Fergana – El lugar de nacimiento de Babur, el fundador de la dinastía Mugal en India. Actualmente, está ubicado en Uzbekistan

Firman – documentos de la corte durante el período Mugal

G

Gali – una calle angosta

Gandhiji – Gandhi, el padre de la nación y arquitecto de la independencia India, popularizó la forma de protestsa de no-violencia. El sufijo "Ji" es utilizadon con los nombres hindúes en forma de respeto

Ganga – El río sagrado de India

Gaudan – El regalo de las vacas a los sacerdotes después de una ceremonia religiosa

Gautam – Nombre de Buddha

Gopal – El que cuida a las vacas, nombre popular para el dios Krishna

Gopis – Bellezas de las aldeas que recibían el afecto del dios Krishna

Grihastha Ashram – período de vida cuando una persona forma una familia

Guna – las buenas cualidades de una persona

Guptas – La dinastía hindú del siglo IV, popularmente conocida como la época del Renacimiento Indio

Guru – maestro, el que muestra a las personas el camino de la fisolofía, música, yoga, baile, etc.

Guru Granth Sahib – El libro sagrado de la religión Sikh, que compila las enseñanzas de los 10 gurus

Gurukul – escuela pupila de la India antigua, donde los estudiantes vivían con el guru durante sus años de formación

H

Hakim – el doctor de los tiempos medievales

Hamida Bano – también conocido como Bega Begum, era la madre de Akbar y la constructora de la tumba de Humayun

Hanuman – el dios mono que ayuda al dios Rama en su batalla contra el rey demonio Ravana

Harem – 'hijos de dios'. Término utilizado por Mahtama Gandhi para referirse a la clase baja

Hatha Yoga – Uno de los cuatro colegios principales de yoga que enseñan ejercicios físicos

Himalaya – El templo/la casa de la nieve, la cadena de montañas más altas en el mundo

Hinayana – Colegio Budista que enseña 'El camino a los ancianos' por medio de formas de vida monásticas

Hindustan – tierras del otro lado del río Indus, nombre de India en tiempos medievales

Hijras – Eunucos o hermafroditas

Humayun – el segundo emperador Mugal, está enterrado en la tumba de Humayun, en la zona de Nizamuddin en Delhi

I

Ibrahim Lodhi – gobernante de la dinastía Lodhi, quién fue asesinado por Babur, el fundador del emperio Mugal, durante la batalla de Panipat

Imabatkhana – lugar de charlas acerca de las filosofías religiosas

Indra – el dios de la lluvia

J

Jain – religión pequeña de India, dónde se respetan todos los tipos de formaciones con vida

Jama Masjid – la mezquita del viernes

Janampatri – un papiro donde se señalan la ubicación de los planetas de acuerdo a la interpretación de la familia Brahmin

Jatayu – un buitre que luchó con el demonio Ravana

Jaya – victoria

Jharokha – ventana desde donde el rey habla a su público

Jiaza – impuesto a los no-musulmanes

Jihad – guerra sagrada en nombre de Islam

Jina – conquistador

Juna Akhara – secta de los sadus

Jyoti – llama del conocimiento

K

K's de los Sikhs – 1. Kanga (peine), 2. Kriparn (puñal); 3. Kaccha (ropa interior); 4. Kesh (pelo largo); 5. Kara (pulsera de plata)

Kalidasa – el gran poeta Indio del siglo IV

Kalinga – reinado al Este de India

Kalyuga – tiempos obscuros cuando lo malo gobierna lo bueno

Kamandal – un recipiente llevado por los sacerdotes, es donde se ponen las ofrendas

Kamdhenu – vaca que satisface los deseos

Kans – un demonio mandado a asesinar a Krishna cuando era bebe

Karseva – trabajo voluntario de los Sikhs

Kasturba – esposa de Gandhi

Kauravas – 100 hermanos que lucharon contra los hermanos Pandava en la batalla del Mahabharata

Kesari – el color azafrán

Khichri – un plato de arróz y lentejas

Kshatriya – la segunda casta de los hindúes, perteneciente a la clase guerrera y de gobernantes Page 143

Kumbha Mela – celebración que toma lugar cada 12 años, es el acontecimiento más grande que une a los sacerdotes Indios

Kumra – encarnación de tortuga del dios Vishnu

Kundalini – la energía inactiva en la base de la columna

Kurukshetra – lugar donde la batalla de Mahabharata tomó lugar

L

Lanka – reinado del demonio Ravana

Langar – comidas comunales servidas en los templos Sikhs

Laxman – hermano del dios Rama

Laxmi – diosa de la fortuna

Lehenga – falda utilizada por las mujeres Indias, particularmente durante bodas

Lingam – representación del dios Shiva

Lota – pequeña maceta de agua

Lumbini – lugar de nacimiento del Buddha

M

Mahabharata – guerra épica entre los Pandavas y sus primos los Kauravas

Mahal – palacio

Maharaja – rey de los reyes

Maharani – esposa del Maharaja

Mahavira – el último de los profetas Jain

Mahayana – la gran rueda de la ley, la segunda secta Budista

Mahayogi – el que llegó al perfeccionamiento del yoga

Mahout – el jinete de un elefante

Makrana – ciudad cerca de Jaipur donde fue encontrado el mármol blanco del Taj Mahal

Malabar – costa del oeste de India

Mangal – auspicioso

Manglik – aquellos que nacieron bajo la influencia del planeta Marte

Manthan – revolución de los océanos por los demonios y los dioses

Manu – el primer humano en la mitología hindú

Marwar – tierra de los muertos, estado de Jodhpur

Mast – cuando los elefantes están fuera de control

Math – centros religiosos

Matsya – encarnación de pez del dios Vishnu

Maya – ilusión

Mela – festival

Mewar – reino de los orgullosos Maharanas

Mishri – cristales de azúcar cruda

Mithuna – figuras de los templos Khajuraho

Mithai – dulces indios

Mooksha – liberación

Moolah – dinero

Mubarak – saludos

Mudra – gesto que muestra mensajes

Muezzin – el que llama a la gente para los rezos

Mugal – dinastía musulmana que gobernó India entre los siglos XVI y XVIII

Mysore – estado del sur de India, famoso por el sándalo y su palacio

N

Nadis – canales de energía

Naga – cobra

Nakul – uno de los hermanos Pandava

Namaste – saludo indio

Nanak – fundador de la religión Sikh

Nandi – el toro, vehículo oficial del dios Shiva

Nara – agua

Narasimha – encarnación del dios Vishnu en forma de mitad-hombre, mitad- león

Narayan – dios Vishnu

Neelkanth – el que tiene el cuello azul – el dios Shiva

NRI – expatriado, persona India no residente del país

O

Om – sonidos cósmicos utilizados durante rezos y meditación

Omkar – dios Shiva

Page 144

P

Padma – loto

Padmapani – Bodhisttava con loto

Padmasana – la pose de loto

Pali – lenguaje antiguo de India

Panda – Brahmin, sacerdote

Pandava – cinco hermanos, héroes del épico Mahabharata

Panj Pyaare – los primeros cinco discípulos del Guru Govind Singh, quién fue bautizado por Khalsa Panth

Panipat – ciudad a 70 km del norte de Delhi dónde la dinastía Lodhi fué perdida a los Mugales

Parshuram – sexta encarnación del dios Vishnu

Parsvanath – el 23vo profeta Jain, sus estatuas decoradas con capuchas de cobra

Pavan – el dios del viento

Pheras – las vueltas alrededor del fuego que se toman durante el matrimonio

Porbandar – pequeña ciudad en Gujarat dónde nació Gandhijii

Prana – fuerza que otorga vida

Pranayam – ejercicios de respiración de yoga

Prayag – confluencia de los ríos Ganga, Jamuna y Saraswati en la ciudad de Allahabad

Prithvi – la diosa de la tierra

Puja – ceremonia religiosa de los hindúes

Punjab – región fértil del norte de India, lugar de nacimiento de los Skihs y los Punjabis

Puranas – escrituras antiguas del Hinduismo

Pushkar – centro de peregrinación cerca de la ciudad de Ajmer, famoso por los templos Brahma y la feria anual de camellos

Q

Quila – fuerte

Quila Mubarak – Fuerte rojo de Delhi

R

Rahul – hijo de Buddha

Raja – rey, administrador

Raja Yogi – escuela de yoga

Raj Ghat – monolito de Gandhi en Delhi, donde fue cremado

Raj Tilak – ceremonia de coronación del Maharaja

Rajput – grupo de guerreros del oeste de India

Ramayana – el más grande de los épicos Hindúes

Rana – grupo de guerreros de Nepal

Rana Sangha – gran luchador de Mewar, quién rehusó vencerse en frente al ejército Musulmán

Rangeela – sobrenombre de Mohamad Shah, gobernado de Delhi, quién disfrutaba de grandes fiestas, inclusive cuando estaban bajo ataque

Rangoon – capital de Burma

Ravana – rey demonio de Sri Lanka

Roti – pan Indio hecho con harina de trigo

Rundra – Shiva cuando estaba enojado

S

Sabha & Samiti – aldea con una comunidad anciana

Sadhu – sacerdote indio

Sahadeva – uno de los cinco hermanos Pandava

Sakya – grupo de Buddha

Salim Chishti – santo Sufi que bendijo al emperador Akbar dándole un hijo, el príncipe Salim, el cual construyó Fatherpur Sikri en son de respeto y mudó su capital a esta ciudad por los próximos 13 años

Samadhi – monolito

Samagri – objetos diferentes que se necesitan

durante una ceremonia religiosa hindú

Samarkand – antigua capital de los Mugales

Sangha – encuentro religioso de los monjes Budistas

Sanskrit – lenguaje antiguo indio utilizado por los sacerdotes, se dice que es el lenjuaje base de todos los lenguajes Indo-Europeos

Saraswati – diosa del conocimiento, esposa del dios Brahma

Page 145

Sari – vestido indio utilizado por las mujeres

Sarnath – Parque de los Ciervos (Deer Park) dónde Buddha dió su primer sermón

Satyagraha – movimiento de no-violencia contra los Británicos, comenzado por Gandhi

Sesha Naga – miles de cobras, también sirven como la cama del dios Vishnu

Sevadar – servicio de comunidad de los Sikhs

Shah Jahan – el quinto emperador de la dinastía Mugal, y el constructor del Taj Mahal

Shahi snan – baño real de los sadhus durante el festival de Kumbh

Shakti – manifestación de la energía femenina en forma de fuerza destructiva

Shankh – uno de los atributos de Vishnu

Shariyat – ley musulmana

Sher Shah Suri – gobernador Afgán de la zona de Bengal, el cual sacó del trono a **Humayun** – el segundo emperador Mugal, construyó un excelente sistema de caminos, Great Trunk Road siendo el más famoso de estos caminos, el cual va desde Calcuta a Kabul

Shikar – caza

Shikhar – templo Hindú dónde se encuentra la principal doctrina de esta religión

Shilpa Shastra – textos antiguos de arquitectura

Shiva – tercer dios de la trinidad hindú, dios de la destrucción y la creación

Sindoor – polvo rojo utilizado por mujeres casadas en su pelo

Sisganj – templo Sikh en el viejo Delhi, dónde

el noveno guru fué decapitado por el emperador Mugal Aurangzeb

Sita – esposa del dios Rama

Sufi – secta mística de los musulmanes

Suhaag Raat – primera noche despúes del matrimonio

Sultanate – período en la historia India entre los siglos XIV y XVI

Surabhi - la vaca que cumple los deseos

Sura - demonios

Surya - dios sol

Svetambra - Secta de los monjes Jainistas que van vestidoes de blanco

T

Tansen - el cantante clásico en la corte de Akbar

Tapasvi - persona que hace penitencia

Thangka - pintura de los mandalas budhistas

Tirtha - centro de peregrinacion

Tirthankar - profeta jainista

V

Valmiki - el santo que tradujo el Ramayana

Vanar Sena - ejército de los monos en el Ramayana

Vanaprastha ashram - la cuatra etapa de la vida

Varmala - colares de flores que se intercambian en la ceremonia de boda

Varana - color, casta

Vishnu - dios de la preservacion en la trinidad hinduista

Z

Zenana - parte de la casa o palacio donde viven las mujeres

INDEX

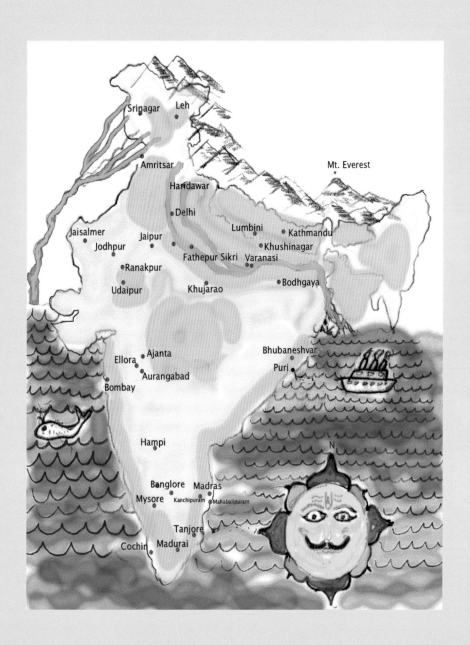